吳佩珍、白水紀子、山口守——選編

當代台灣作家日本紀遊散文選

台湾作家が旅した日本

我的日本

目次

編序

一段不可思議的文本旅行——從『我的日本』到《我的日本》

吳佩珍

「日本」，是很多台灣作家創作靈感的來源，與許多台灣人的食、衣、住、行也緊密連結。對這個似熟悉又陌生的國度，台灣作家到底如何看待，又如何描寫？本書的編輯動機便從這樣的問題意識出發。觸發本書的原始動力，則要從我任教的政治大學台灣文學研究所於二〇一四年與二〇一七年兩次舉辦的台、日、韓三國作家會議談起。二〇一七年參加會議的旅德日本女作家，也是二〇一九年諾貝爾文學獎候選人的多和田葉子（Tawada Yoko）參加二〇一七年的作家會議後，便在《日本經濟新聞》

其個人專欄發表隨筆〈台灣的月台〉。她以獨特的語感以及豐饒的感性描繪台灣旅情，台灣的多語文化與南國風情在紙上躍然生輝，是一篇秀逸的紀行文。讀著德國捎來的這篇散文，腦海浮現幾位台灣作家的日本旅記，成為『我的日本』的雛型構想。

腦中的「夢想」付諸行動後，發現一九五〇到一九八〇世代的台灣作家以「日本」為題材的創作是一個綿延不絕的文學現象，但卻從未有任何以此為主題的散文集出版。因此，以傳達「我（台灣作家）的日本」給日本讀者為目標，這本散文集收錄的是各個世代代表作家們的日本紀行文。她（他）們以其獨特的日本文化觀察捕捉各種不同的日本樣態，展現個人對日本獨特的「洞察之眼」。

散文集在二〇一八年十二月底出版，二〇一九年二月便旋即再版，同年夏天進入三版，是近年來台灣文學譯介至日本的暢銷書之一。此外，日本知名的報紙與媒體也相繼刊載書評。二〇一九年一月二十一日《讀賣新聞》的〈十八位新銳作家所見的日本〉是首篇書評，引起其注意的，除了東山彰良為此散文集所作的推薦，還有之前便有作品譯介至日本的台灣作家，如吳明益與甘耀明。二〇一九年一月二十六日《日本經濟新聞》書評〈台灣人作家們的旅行洞察〉則點出台灣作家與西歐作家的日本紀行文著眼點的不同處，以及台灣作家的日本觀察特徵：「知日派」者眾。緊接著，『我的日本』被選為同年三月號《東京人》雜誌的「本月東京書」之一。

文藝評論家川本三郎於二〇一九年三月三日發表於《每日新聞》的書評〈透過台灣作家知道的日本情懷〉，引發了日本讀者更廣泛的關注，將這本散文集推向另一波迴響的高峰。

此次《我的日本》在台灣推出，宛若衣錦還鄉。能夠開啟這段不可思議的文本旅程，首先要感謝二位陪我逐（築）夢的友人：柯裕棻與黃麗群——在這個散文集的構想啟動時予我協助、鼓勵與勇氣。此外還有白水紀子與山口守二位優秀的譯者老師與編者，以及台灣文學館的林佩蓉小姐。沒有她（他）們，我不知道這段奇幻之旅是否能夠走得這麼遠。最後要感謝有方文化的余宜芳社長與編輯陳盈華小姐，謝謝她們讓《我的日本》的返鄉之旅能夠成真。

——二〇二一年三月十三日
於景美溪畔

在飛驒國分寺，新年許願

甘耀明

在日本高山過年，我在國分寺許下了重要的願望。

我還沒到寺廟，在兩條街外已聽見鐘聲傳來。寺廟的一〇八下鐘聲竟然敲了，我與妻子匆忙跑在深夜街道，以為誤了跨年時分。後來才知道鐘聲在跨年前敲，最後一聲得落在過子夜，這樣的敲法得高明的掌握時間。但是，對不懂習俗的外國人，還真像灰姑娘聽到子夜鐘聲的心急。

在台灣，也有子夜到廟裡許願的習俗，叫「搶頭香」，這樣神明會盡力完成你的願望。「搶頭香」在這幾年來，漸漸發展成運動競技，等到凌晨剛過，寺廟正門打開，在門外擁擠的信眾衝到前方二十幾公尺遠的大香爐，把香插進去，最快抵達的人便搶到頭香。這種活動總有出糗畫面，比如有人跌倒；有人衝太快把兩百公斤的香爐撞倒，害大家陷入嗆人的香灰塵；或者該給民眾參與的活動，卻被埋伏在廟裡的工作人員搶先插香，讓衝進來的信眾茫然，好像一百公尺的奪標終止線不見了。在台灣過年，最快樂的是初一看到搶頭香的奇特新聞畫面，大家都笑了。

在台灣，我從來沒有參加過除夕夜到寺廟許願的活動，在日本卻做到了，那是溫暖而幸福的感覺，因為國分寺的廣場正擺著矮鐵架燒火。篝火旺盛，非常醒目，大約有五十幾人圍著，提供源源不絕的溫暖。寺廟和尚穿袈裟、蹬木屐，用獨輪手推車運出木柴。有些是老木頭，或許是寺廟替換下來的木建築，趁此成了火源，要是這樣而讓建材進行荼毘火葬，實在是大功德。我冬日到日本神社參拜的經驗不多，大多看到在臺階兩側用高鐵架燒著炭火，比較秀氣，像國分寺廣場燒著大火，太豪邁了。

我對柴火有特殊癖好，小時候過年，我最喜歡蹲在廚房，幫忙把木柴塞進爐灶。我安安靜靜地顧火，看火焰奔跳，要是火小了，便餵木柴進去。每種木柴的特性不同，肖楠或荔枝木燒起來有香味，九芎燒起來比較沒煙，竹子老是在我不注意時爆裂。我喜歡看火，長大後，在街道遇到窯烤披薩，我會駐足看著火。我小時候在農村顧火的經驗，搬入城市就沒有了。然而國分寺的子夜篝火，讓我看了很久，我發現大家沉醉在火光，臉上出現幸福感。

圍著篝火的群眾，是要上鐘塔敲鐘許願。我排在人龍尾巴位置，差不多靠近鐘塔。但是，隊伍消化速度慢，我計算一下，前頭的那組家庭，從陡峭狹小的階梯爬上鐘樓，許願敲鐘，再依序下來，花費幾分鐘。如果這樣下去，恐怕要到很晚才輪到我們。於是我跟妻子討論，不敲鐘了，不如到正殿，向藥師如來與觀世音菩薩許願吧！完成了我們的過年初詣。

許完願望，我來到樹齡一千兩百歲的銀杏樹下，對樹縫裡的那尊石佛，合十參拜。銀杏是我喜歡的樹木之一，他那麼雄偉，如此年歲，想必經歷無數風霜與看盡人間繁華，此刻才能與異國的我相逢。況且這棵樹有迷人傳說，相傳天平時期監督建塔工程的工頭，因為建塔秘密被女兒知道，將她殺了埋在樹下。而銀杏落葉時，就會落雪。我靜靜站在樹下，看著空蕩蕩的枝枒往上伸，有些延伸到篝火上方，我剛剛擔心那些樹枝會不會被火焰熱氣炙傷，現在我覺得應該是銀杏伸出細手，跟我一樣享受火焰的溫暖。

要離開之際，妻子帶我去看國分寺奇觀，這地方不是掛繪馬祈福，是用高山土產的猴寶寶。猴寶寶戴頭巾、穿肚兜、手腳尖尖、沒有五官，街上到處有專賣店，妻子覺得可愛，買了幾隻。國分寺用猴寶寶祈福，真是高招，非常接地氣的想法。

在台灣有燈猴的故事。燈猴是掌管竹燈的小神，相傳在過年時，人們忘記祭祀酬謝祂一年的辛勞。燈猴生氣，爬上天庭，向神明舉報人們的錯誤，害人們無端受到懲罰。猴子非常敏捷，善於爬高，國分寺的猴寶寶承擔人們的祈禱，順著千年銀杏，不懈往上爬，希望天神完成人們的願望。猴寶寶與台灣傳說中打小報告的燈猴不同，特別溫馨，我喜歡。

「妳給我一個猴寶寶，我來祈願。」我對妻子說，她的背包上掛了這次購買的猴寶寶。

「不行，這是我買的。當初到猴寶寶專賣店時，你一付不想買的樣子，我看得很清楚。現在卻想用我的猴寶寶許願。」

「好吧，我先跟妳借，現在大半夜買不到猴寶寶許願，明天我到街上再買一個還妳。」

「不是我不借你，是你許願時，總是在考驗神，這時候獻出猴寶寶這種密技也沒用。」妻子說，「我問你，你剛剛許甚麼願望？」

「秘密呀！」

「這哪裡是秘密呀，像你這種寫作的人，不管是到教堂、清真寺、佛寺或神社，都是許新書大賣的願望，可是呀！這根本是不可能的事，癡人說夢，你分明是為難全世界的神，現在又跑來考驗國分寺的菩薩，這樣對嗎？」

「我的天啊！」這真的說出我的窘態，我只能哂之。

不過，妻子幽默地跟我說話後，還是把她的猴寶寶掛上去了。我想是國分寺的過年氣氛打動了她，這樣的黑夜，充滿了溫馨的光芒與淒美故事，滋潤了我們的人生。我們最後請猴寶寶背負我的願望，像篝火爆閃的星火，飄悠悠地爬上天際去了。猴寶寶，加油，我相信你是盡責的攀登高手呢！

碎片

孫梓評

黑雪

飛驒高山市區盤桓一日，已完成觀光客行程。夕照中離開八幡宮，開始穿梭在兼賣草莓的精肉店或古怪玩具店。牛乳和蕎麥麵都吃過了，巨型猿寶寶也摸過了，正打算暫回飯店，巷口一家工藝店挾持了我。

再離開時，一只杯子成了旅伴。

硯色馬克杯，除闊圓杯底留有一小圈原色之外，無斑點紋路，純粹是黑。杯耳長而闊，易握。未上亮漆，那低調且含蓄的墨色，像誰在千百年前便寫好的一闋詞，雖非新鮮筆跡，卻更飽蘊時間之味。

一杯黑雪。用它盛水，喝來似也多點禪意。

流理台上，輪流擱著幾只身世殊異的杯子。也包括這只。使用時總微感驚訝，它杯口雖闊，卻不過分張揚，不至於拿它裝可可牛奶的程度；亦不算心腸窄仄，偶爾沖一杯普洱茶仍還合適。也許因為黑，看上去頗有分量，提起來卻意外地輕，像是骨架小的人，有一種學不來的優雅。因為私心，使用它的機會便多了些。直到有一日洗畢一只鐵鍋，要暫時騰到旁側等待晾乾，而忽然，鍋底掠過了它的杯緣——瞬間，一小屑黑雪掉落。

一整夜我翻來覆去：一抹黑中之白，如此純潔，殘缺。

鳥羽

鳥羽灣風平浪靜，白日晴朗湛藍漸轉為黃昏色，然後，終於不敵黑夜噴墨。公園的角落，有年輕家族四人正處理身上殘沙，母親剝著孩子的泳衣，父親往孩子身上澆水。我試圖尋找一間便利商店。一路往下走，打烊的渡口，可以開往《潮騷》的船已經歇了。日光燈閃閃照著幾排木椅，兩個少年走進來，其中之一快步爬上樓梯，不出聲，與另一個玩起猜拳。攀過鐵道，面對港邊的長街，一整排商店都閉緊了嘴。幾間仍耳語的食舖或民宿，門口縛著大玻璃球。繞過龍瑛宗喜愛的詩人的家，還要再往內走，有小溪相逆，樹都枯著，不曉得有什麼躲匿在陌生。幾個轉彎，終於望見熟悉的便利商店亮光，又是兩個少年，不玩猜拳，坐在單車上聊天，其中之一捧一碗速食牛丼，可能美味，偶爾便分給同伴一口。港濱之夜，海女們已歸家，海豚們都睡了，儒艮應該也吃完了一天被配給的飼料，珍珠仍躺在青春期途中。我背包裡的久保新治，會在下一頁，與他心愛的女孩見面。沒有人畏懼黑夜噴墨，燈塔與潮水醒著，明日一早，還有船隻出發。

可睡齋

可睡齋一泊。

與一般想像中廟宇掛單極不同，兩人一室，雖無衛浴，但優雅精緻，房內除提供熱茶，還備有葛粉製甜點。寺內禁穿襪子，隨引導僧人穿行各祕道，每遇神佛，僧人會停步一拜，其步履不緩不急，踩在木製走道上，不發出粗魯聲響。品嘗過素製的精進料理，夜宿行程還包括寫經、坐禪。到抵一室，桌上已鋪好筆墨硯台，聽僧人講解：寫經不求書法之美，心誠則靈，在《十句觀音經》後，寫上心中所祈，再由廟方蓋上朱印，隔日早課呈於堂上，由眾僧誦經祈福。坐禪時，雙腿盤坐於黑色布團，雙手置丹田前，想像有一根透明的線由天空垂降，將背拉直，保持呼息均匀，堂中甚靜，靜到可以聽見比鄰而坐僧人輕嚥口水的聲音。在燃香繚繞中，等時間經過，晚間九時，暮鼓擊響。一早，約五時半得盥洗完畢，待僧人帶引前往本堂念經。堂中靜肅，住持先道過早安，眾僧就位，待晨鐘一響續著一響，有一人專司木魚敲擊，眾誦聲隨之而起，伴隨節奏鐃有韻致，到一段落，再往御真殿續念。春有牡丹，秋有紅葉，可睡齋內還有一處「大東司」，供奉烏蒭沙摩明王，不留意看，不會知道原來它是洗手間。

高橋染物店

在燒津停留的時間其實很短。負責接待的無糖先生，據稱第一次接待外國人。他聽說了我們此行的撲空之旅：看不見富士山的瞭望台，沒有溫泉的SPA會館，沒有鬱金香的大公園，沒有蘆薈的蘆薈園，連當季的梅園，都在門口掛上「梅季終了」。他整個人差點像漫畫人物那樣趴跌在地。燒津賞臉，不知名的河邊開了河津櫻，背景是當地酒廠磯自慢。大家便聊勝於無地拍了起來。雖然，此行的重點其實是到高橋染物店體驗畫染。店家前一夜先將顏料調好，就著一式一樣的「大祝漁」字樣，一人一筆小學生般畫起來。場地是染物店後院的空曠處，陽光熱呼呼，畫了約五分鐘，大家邊聽著第三代老闆的解釋，邊開始用中文碎念：「真的會有人來參加畫染嗎？」無糖先生說，「會呢。」他自己就染過兩次，一次是工作接待，一次是自己又跑來。因為第一次，想了好久，不知道該畫什麼顏色好，「為什麼你們台灣人好像很快就都有了主意？」他來回於五張畫布之間，「而且配色完全沒有重複。」他說，「日本老太太在畫的時候，考慮得才久呢，大家總會參考一下別人怎麼畫。」我畫累了海浪，將富士山塗成紅色。他ㄟ了一聲，「紅富士？」我請翻譯解釋：「是啊，此行有人一直堅持要拍富士山，卻怎麼也拍不到，望眼欲穿，富士泣血。」他笑了出來。接著，看見同行的S一片海都抹成紅的，他ㄟ了更大一聲，S淡淡說：「幫我翻譯一下，這叫做慾海。」

——原載於《知影》（木馬，二〇一五年五月）

佛寺日常

柯裕棻

從大阪登高野山的最後一段路程是在極樂橋駅轉搭纜車，陸坡攀昇五分鐘。山不高，卻很險，難以想像這頂上竟有百餘所伽藍。

纜車站外是一小小巴士站，站務人員發送時刻表和地圖，殷切交代末班下山纜車是六點半，切莫誤了。巴士上山又是一大段路，初濃霧，前路昏昧不明，輾轉徐行，過一山洞，豁然明亮，天空遼遠，清朗薄寒，初夏也還是這麼冷。

高野山是日本真言密教總本山，為弘法大師所創，今年（二〇一五）是創建一二〇〇周年。它同時是「紀伊山地の霊場と参詣道」的一部分，二〇〇四年登錄為聯合國指定之世界遺產，二〇〇九年又獲選為米其林日本旅遊綠色指南三星景點。高野山位於和歌山縣境內，海拔約八百公尺，巨樹參天，古寺院百餘所，人口三千。史上此山屢逢災變，總能化險為夷，一再造林復建。近代以來，這百所寺院與森林經寺方奔走維護，才免於比戰亂更凶惡的開發之伐。如今的雲間樹海看似萬古自然，其實一草一木都是日本社會的山林文化史。

二〇一五年五月高野山盛大慶祝開山一千兩百年，連月舉辦大型紀念法會和國寶級神像御開帳等活動。當時我出於好奇，上山逛半天，恰逢慶祝活動的最後週末。這麼緲遠的山頂上竟然人山人海，不是都會商店街那種燈火喧囂，也不是櫻花季似的一窩蜂吃喝賞玩。這種熱鬧非常素樸，是每個人內心熱切湧現于外的體感，活潑從容，不像我知道的日本。

當時我一天之內碰上兩場法會。午時的法會在最頂上的奧之院，這是弘法大師的靈廟，院外有森然巨杉，滿地潔白圓石，氣象清朗。聽完誦經我沒立刻跟著人群走，整理供桌的僧侶捧著供佛的大蘋果走下來，看見我，微微行禮就給我了，這佛緣也太具足。之後慢慢往山下走到金堂，又碰上另一場更盛大的法會，高僧雲集，堂前廣場信眾擠得一步難挪，我只能隨人潮移流。場外眾人發現入場無望，竟有爺爺和婆婆爬上堂前大型青銅燈座，猴子似的眺望堂內，維持秩序的年輕僧侶客氣大喊：「這位哥哥，姐姐，請下來，太危險了！」群眾哄笑：「明明是爺爺和婆婆哪！」兩位爺婆仍笑嘻嘻看眾高僧入場，絲毫沒有要下來的意思。正混亂，另一邊有人因推擠而跌到溝裡去了，又是一陣嘩然。這種蒸騰也不像我知道的日本。

他們的心情我懂。好不容易一千兩百年才有一遭，好不容易託生今世，好不容易活到現在，不辭千里的上山來了，幾世輪迴終於等到這一天了，沒能親眼看上兩眼，豈不白費這緣分。

高野山上的林木花草、光影雨露，都清淨柔美像菩薩的雙眼。此山的遼闊與靜謐實在獨一無二，我不斷拍照，卻徹底感到攝影微眇無能，這氛圍靈光無法複製，它超越人的言語和技術。此行我彷彿開了天眼，決定找人少的日子再來一次。所以在慶典活動結束後的七月初，我與妹妹結伴，又上高野山來了。

佛寺之日常I
鈴鐸、時雨、金屏風

上山第一天住遍照光院。此院開基一千一百多年前，位於高野山寺院群的正中間。藏有快慶作的阿彌陀如來像和池大雅的山水人物圖。我們到得晚，黃昏時在玄關外叫人，院落敞蕩，細聽也無聲響，惟遠山蟬鳴一二。

半晌，前廊悠悠出現個紺衣爺爺招呼我們脫鞋上來。行禮如儀，回身拿出一張紙，恭敬照著上面的英文一字一字慢慢念了歡迎詞，才帶到房間去。

房間十疊，窗明几淨。他正襟端坐几邊，奉茶，逐條交代各項細節，我們提心屏氣跪坐，聽他款款念那張和英對照的單子：澡堂開放時間、晚餐時間、明晨早課時間，衣著注意事項等等。

正事畢，謹慎問我們從何處來，聽見是台灣便笑嘻嘻鬆一口氣，聊了起來（還加上比手畫腳寫漢字又畫圖示意）。

晚膳在獨立別間，各房一間。山上所有宿坊膳食都是素菜，都叫「精進料理」，遵「五法、五味、五色」原則，各院菜色略異。這天客人應有十幾名，都是日人。用餐時全院非常寂靜，有多靜呢——從隔房的咀嚼聲我甚至能判斷他們正吃黑豆或醃菜，交談也只聞低語。

餐後小僧敏捷收拾餐盤小桌坐墊，關燈關窗。

回房見枕褥早已鋪妥。這是老房舍，夜雨濕涼，時節雖已小暑，還是開了一會兒暖氣才躺下。山裡的夜沒有歷史，暗得無邊無際。光陰無賴，我莫名睏，咕咚一倒就睡著了。

次日清晨早課終於拜見了快慶作的阿彌陀如來像，佛堂滿是金鬘、瓔珞、繒幡、鈴鐸，燈燭鐃磬，香煙彩繩，又吉祥莊嚴，又富麗曼妙。真言宗本為唐密，經弘法大師入唐求法帶回日本，故經文與僧衣都有唐風，佛像和儀軌仍存古天竺風貌，與顯教常見的漢人儀式非常不同。

昨天接待的爺爺原來是住持，着正式僧服帶領誦經，眾人圍繞跪坐，合掌聽四十五分鐘，我只辨識最後一節是心經。結束時所有人腿麻苦笑，捶腿久久無法起身。

早膳後一小僧來打掃房間、吸塵，窗外有一僧整理內庭草木。經過廚房見一僧洗碗。經過正堂見一僧將紙門隔扇全打開，安排坐墊，一線對齊。晨光從廊外淡淡滲進來，暗室金箔屏風靜靜地回應那道光，金彩並不輝煌，反而淡薄朦朧——正如谷崎潤一郎所言，和建築的隱約美學是從陰翳的視感之中，委婉而曲折地昇華而上的。

住持爺爺回到事務間，又換回紺衣常服，正提筆寫今日參拜團體的歡迎牌。電話響個不停，是園藝匠打來的，接著似乎是某個修繕工程。負責花道的小姐也過來道早。他坐下寫兩個字，又有導遊來電。爺爺看見我們，又放下毛筆招呼。我們希望合照留念，他馬上整理衣襟端正姿容到玄關邊上坐定，明明忙得席不暇暖，他笑嘻嘻的，神情平和不見一絲忙亂。

我們離開時住持爺爺的歡迎牌已寫好置玄關外。園藝匠開著小車來了，兩人討論某棵樹的修剪方式。剛才打掃房間的小僧提水桶拖把經過，另一僧擦緣廊窗玻璃。

佛寺日常原來如此啊，瑣務繁雜，恆勞庶事，任何清涼自在都從這辛勤的勞動而來。

這一天我們到奧之院去看巨杉古墳，看肅麗的燈籠堂。往奧之院的路是一段長長的杉樹斜坡。一路上將相名碑說不盡，宏圖霸業盡付白露蒼苔。幾里石道高古悠緩，人來人往卻幽靜異常，無警告標示亦無柵欄，不見任何攀爬折枝或喧嘩奔跳者，且沿路清潔無片紙，那些看似荒圮的石碑青苔野草，都有人身挂蚊香盒在整理維護。整座森林一寸一寸的修剪，頹蕪之感留得恰如其分，要是真的荒廢就不這麼詩意了，若是圖方便亂洒除蟲藥劑，也絕無法每一方寸都保持如此蒼綠盎然。

於是我有點明白所謂「精進」的意思了。修行不是放空或逃離，修行必從日常勞作的嚴謹裡堅定追求，苦惱或清淨都在日常。如此才是供養，才有那些仿彿遁世的侘寂之美。敬謹勤奮，一草一葉照拂，人與自然互不凌駕超越，如此才是共生，才將此地山林守護了一千兩百年。

山上晴雨不定，幾乎每日晨昏都有雨。出奧之院途中遇大雨，頃刻滂沱。從天上落下的，不論陽光或雨雪，皆無分別心。我們急奔出林，躲進斜坡出口赤松院旁一家小小的「光海咖啡」，裡面坐滿疲憊的外國遊客。有一群歐洲人剛剛走過熊野古道，看似已體力耗盡。熊野古道荒僻有熊出沒，他們看來確實像是被熊追過似的。店內服務生是兩個安靜可愛的年輕女孩，茶髮長睫像洋娃娃。我很難想像每日在高山古剎旁煮咖啡的生活。店裡安一尊弘法大師的小坐像，她們供他一杯咖啡，甘苦清醒共一啜，我覺得也很適合。

佛寺之日常II
雲濤、新綠、千歲松

不動院是皇族山階宮家的菩提寺，在高野山寺院群的中間斜坡上。開基一千多年，院內有鳥羽天皇的皇后陵寢，院徽十六瓣菊紋。

不動院內不論大小僧都略通英文，所以這裡的宿客多是西方人也不意外了。住持相貌堂堂，早課後還能以英文講佛理。管理院務的大僧侶瘦削白皙，走路微僂，他非常忙碌，但微笑時有種無涉世事的謙和氣質。

相較於可容納上百人參拜的遍照光院，不動院精緻得像觀音手心的如意珠。內庭「吉仙庭」，借景後山新綠，鮮翠得掐水；佛堂裡錦繒燈燭法器，精妙輝煌，不可細數，供的是坐姿不動明王。讀書室擺設非常貴氣，貴氣在於南畫山水竟這般日常使用。書室清貴不必金箔妝點，清閒一刻千金難量，而皇室格局尊重亦無須金箔包裝。

衣食富養的社會裡，包金鑲銀的器物有其可親的俗民氣質，畢竟金子喜氣直白，靜輝中自有歡欣，這是富的豐足。清氣四溢的山水畫講的是意境，白紙上淡墨幾筆，絕對髒不得，讓人心生敬肅，這是貴的淡遠。

晚膳也是精進料理，配色和口味絕妙。第一晚全部宿客在「庫裏」大房用餐，此房有十幾張黑木方桌椅，烏亮鑑人，櫥櫃屏風都是保養良好的古物。次日挪至獨立小間各別用餐，隔門襖繪是金箔松梅飛燕圖——連日金屋銀屏看得連我也面不改色了。

這日參觀金剛峰寺、壇上伽藍和靈寶館。金剛峰寺是真言宗總本寺，是豐臣秀吉為亡母捐建的佛寺。內庭有日本最大的枯山水「蟠龍庭」，墨色花崗岩錯落白川砂上，如兩條雲龍起伏穿梭。各房襖繪清麗絕美，狩野探幽的梅月流水、山本探斉的柳鷺、守屋多多志的四季花鳥，一方紙門開闔天地詩意。

廚房意外地明亮寬敞，老竈和舊櫥整潔，流理台如今都還用著。從鍋竈的大小重量可見從前火頭僧功夫了得，否則難以駕馭如此沈重的日常飲食。壇上伽藍是一高台地，建十餘座塔堂，各有典故，最知名的根本大塔和傳說中掛住弘法大師三鈷杵的老松都在此。靈寶館收藏的眾神像靈光氤氳，其中尤以快慶作的深沙大將立像氣勢飽滿迫人；放光閣內諸佛環坐，慈悲俯視又美得震懾，一踏進去，轟然感悟，幾乎即身成佛。館內遇上大批參拜團，幾十個瘦小的老奶奶駝背彎腰且有外反拇趾，卻個個行走穩健，精神飛揚，對每尊神像仔細品評。她們在我肩下疾走，相較之下我太巨大遲緩得慚愧。

午前天光晴明，午後又淅瀝落雨。山中到處古蹟寶藏，每日八小時山路上上下下，看也看不完，我已無力再看任何古蹟了。聽說惠光院有阿字觀冥想課程，至玄關一望，鞋櫃已滿，一清秀僧侶抱歉說明日請早。其實也好，我們恐怕累得就地睡著，徒然丟臉。冷雨中坐進千手院橋附近的喫茶店「養花天」，他們的「善哉」紅豆湯甜得令人牙軟，但此時這糖分正如一劑救命回魂丹。

千手院橋一帶多佛具店和土產店。參拜團大巴一車一車將奶奶爺爺以廿分鐘為度，當門放下，店員集體在店門口歡迎接待，廿分鐘內熱絡推銷、試吃、奉茶、結帳，效率驚人。一波遊客送走後他們又靜靜散開。多數的菓子都鬆軟易嚼，連煎餅也是入口即化，宗教果然是高齡好生意。本地起源的高野豆腐、芝麻脆煎餅、精進咖哩頗值得一吃。另有大師堂香老鋪的沈香與白檀，品質和價格都好。

黃昏雨停，遠山雲濤散逸，諸行調伏。我發現白布鞋幾日雨路行走，竟然完全沒髒。能將山林收服整理至此，也只有日本了，從天災頻仍的歷史中深知諸行無常，因而更生日日精進之心。提傘立於不動院外杉樹小徑前，寂靜街町人跡杳杳，沒有晚霞的天色彷彿人心一般澄澈又微暗，漸趨闇滅。街燈未亮，天地山川一切已還諸佛祖。

——原載於《旅飯》，二〇一五年八月

如果有一天你去金澤

黃麗群

台北起飛的飛機，在小松機場降落時，通常剛剛入夜。這是日本海側北國之地小麻雀一樣的航空站，此刻只有這一班次入境，早點進關的話，能看見工作人員漫不經心打開日光燈，一切閃閃爍爍，移民官一面整理衣領，從辦公室出來，一面魚貫進入驗關的卡座。他們神情也接近魚肚，平坦的青白色，光線下有絲脈的痕跡。

如果有一天你去金澤，這場景讓你感覺腦內有軸心喀噠一聲落鍊，身體裡晝夜嗡嗡的低頻噪音一時停止，或許你會像我一再重覆來到這城市。

黑夜中開往金澤的機場巴士像是開在黑夜天空中央的銀河便車，公路一側是日本海萬頃墨琉璃，另一側是超展開的荒原，燈火星散於遠的更遠處，我猜想任何人在這四十分鐘的車程中，無論結伴與否，都能追根究底地體會人是如何地舉目無親。有些人在中途幾個停靠站下車，那些位置都荒涼得無從措辭，附近既沒有停車場，也沒有民居，只有一盞照亮站牌的路燈。燃燒殆盡的白矮星。我總是望著他們能夠從這裡再往什麼地方去呢？

看不出什麼前因後果。車子很快駛開。

直到慢慢接近市區，也不是忽然就冒出騰騰的人間煙火，而是雨後地面一泓一泓的水境光質逐漸有化身處，落實了。

◆

金澤是北陸三縣（福井、石川、富山）懷抱的明珠，舊名尾山，約於慶長年間（西元十七世紀初）改稱金澤。傳說古早此地出產砂金，今日仍以製造金箔知名（幾乎每個觀光客都要吃一支金箔霜淇淋拍照打卡啊），四季細潤多雨，以「加賀百萬石」富養一方。名與實都是金生麗水的清吉氣象。霜雪沛然，古時一入冬就封山封路，賤岳之戰時羽柴秀吉算準這一點，拖延著以北陸為基地的柴田勝家大軍。

柴田老驥伏櫪，在春來之前，全軍奮力鏟出一條終究通往覆滅的征途。

此後，前田利家獲封加賀、能登、越中等地（江戶時期統稱加賀藩，範圍為今石川縣與部分的富山縣），金澤無血開城，並為藩主根據。前田一族長於內政，日本古有「精於政事者，第一加賀，其次土佐」之說，藩政時代歷出英敏壽考之主（例如，被稱為名君中的名君的前田綱紀，在位凡七十七年），數百年物阜民豐。

不過，如果有一天你去金澤，不要被蒔繪輪島塗，或九谷燒或加賀友禪的華彩所撩亂了。北陸一地真正內秀之處，其實是古來一年裡長達四分之一的孤懸與隔離。以及由此而生的一色雪白安忍之心。這讓金澤具備一種調和的不調和感，世俗的非世俗感，十三不靠，而和光同塵，其他城市所少見。明治維新廢藩置縣後，日本經濟形勢大變，金澤從原來全國第四大城位置一再後退，五木寬之寫《朱鷺之墓》，一部分背景就在日俄戰爭後的金澤，筆下一眼望去寥寥的灰涼的濕霧。此後多年人口外移（直到這兩年才停止負成長），地方鐵道陸續廢線，一條東京直通金澤的北陸新幹線從確立建設計劃到正式營運，歷四十年。媒體稱為「悲願」。

通車後，地方政府歡欣鼓舞，一般居民顛倒是淡淡。畢竟，翻山越嶺的日子也這樣過了四十年啦……

在飯店安頓好，通常已近晚間九點。有時我出去吃碗拉麵，喝夜酒也不缺乏去處，不過大多直驅日本最輝煌的場景便利商店。買了一些水與麵包與優格或熟食點心。次日早晨能很快吃了出門。

習慣住的飯店常給面對金澤城與兼六園方向的房間，我打開電視，拎出購物袋裡的冰淇淋，金澤城石牆披蓋冷光。夜晚靜得人雙耳發脹。

◆

旅遊書或二手宣傳詞常稱金澤為「小京都」，於此，我想冒昧表示異議。估計也不算太僭越。因為當地人同樣不以為然。我在當地買一本很有趣的口袋書《金澤的法則》，其中一條即為：「金澤就是金澤，才不是小京都！」與其說這是基於鄉人自豪之情，不如說是對「被（對方自以為恭維地）與人攀附」充滿了厭惡感。我喜歡這樣的厭惡感。

「小京都」之喻顯然基於一種素描式的輪廓。例如兩地都富盛世風習。都得河景之勝。都在二戰時倖免於空襲。都有保存良好的町家與古建築聚落。諸如此類。金澤儘管不比京都千年的貴重規模，亦以百萬石養，受暱稱「男川」的犀川與「女川」的淺野川環抱，沿岸有十八世紀保存至今的東西茶屋街，要說是自在千金，清貴公子，也不過份。

只是，若在金澤走動一陣，很快能感到兩地內在紋理是如何南轅北轍。金澤人有比較簡單的說法：「京都為公家（貴族）文化，金澤為武家（武士）文化。」這話十分委婉，感覺也帶點「說來話長，解釋起來太麻煩，就勉強這樣分別吧」的意思。

因此，話頭得重回前田一族。

加賀藩開基祖前田利家薨後，繼承「養命保身」原則的利長、利常兩代，為免天下未穩的德川幕府猜忌（據稱，鄰接的福井藩即為就近監視的德川家眼線），透過輸誠、通婚、派遣人質，終於穩定江戶對加賀原本劍拔弩張的關係。加賀藩代代恪遵利家祖訓，從關原之戰到明治維新，次次歷史轉角擦邊過彎，技能樹上「運氣」「手腕」「政治判斷」統統點滿。

後世不妨對如此謹小慎微的身段嗤之以鼻（譬如司馬遼太郎寫起來，就有一點這樣的意味吧），只是我想，我們在白紙黑字上追求無痛的玉碎，去期待別人拋灑大悲歡的頭顱與熱血，當然很容易。前田家兼巧妙於柔婉，大義名分上未必漂亮，但將它翻過另一面目，是不妄動刀兵，免於橫徵暴斂，愛文重藝，儘管沉緬風花雪月同樣是一種政治技術。

這數百年若即若離，垂眉斂目的隱約之心，與京都天子腳下的顧盼，顯然是走不上同一路的。「求全」兩字，寫時筆畫少，肩負起來並不容易。就不能怪金澤人對「小京都」的說法不太消受了。

如果有一天你去金澤，不妨先別惦記這三個字。

當然有時候，不願意與人爭，人卻頗願意來爭你；也有時候你願行東風，對方倒是春天後母面。加賀若不是一代雄藩，若不是讓人想吞卻骨鯁，想惹又怕一手刺，或許怎樣地安靜收藏都沒有用；若它恭順而弱小，或許難免終被取為一著棋的可割可棄的命運。

◆

如果有一天你去金澤，講起來，好像也沒有什麼一定得看，也沒有什麼一定得買。

比方說，金澤富雅，以茶道與和菓子聞名，現在還是全日本甜點（還有咖啡）消費量第一的城市。那些點心的漢字命名與造型刻鏤得逼人太甚：和三盆糖與乾米粉製的小糕，稱「長生殿」；做出四季花樣的落雁糖，稱「今昔」。春天的櫻花最中，借景金澤文豪，名「泉鏡花」。不過陸續買過一輪後，我總是勸朋友遇見它們不妨立地成佛。不過加賀棒茶是必須喝。

又比方說，金澤四時玲瓏，雪裡的兼六園與金澤城不錯。晴天午後的長町武家屋敷也不錯。春天去東茶屋街與西茶屋街，如果非得選，去東邊，建議安排在下午到傍晚，以便一次走齊淺野川卯辰山日與夜的兩種風景（你總不想還得分兩趟來吧）。海之圖書館有點兒遠，時間不夠也去不成。秋天吃蟹，尾山神社與近江町市場是步行五分鐘的一直線，可以安排在同一個早上。而鈴木大拙館如僧人在萬古中忽然明睜雙目擊出的一磬。

但金澤之美盡不在此。金澤之美偏偏在濃豔其外散淡其實，在正大仙容下的無心無意，它恰好與一份釘對釘榫對榫的行程正相反，於是旅行計劃常常做到「幾點幾分」的我就常常成了自己的矛與盾：在形而下愈準確了，在形而上愈不準確。這邏輯很適合謀殺案。松本清張名作《零的焦點》就寫在金澤，硬底子演員津川雅彥與草刈正雄，也曾合演過一部電視電影《旅情懸疑：金澤能登殺人周遊》——不僅殺人，還要周遊半島地殺人……

我曾感到金澤像台南，後來發現，從另一頭看，它跟台北也很相似：景點都去，當然很好，但或許一個也沒去，更好。滿地亂走，或者在河邊的草地上躺著。或者搭公車在市區繞圈圈。或者在一個非常想吃垃圾食物的早餐時間去吃麥當勞。

一回搭公車參拜供奉珠姬的天德院（珠姬為德川慶喜之女，遣嫁前田利常，夫婦和好，迴護兩家苦心孤詣），一下車馬上發現wi-fi機掉公車上，當機立斷攔計程車，請司機跟著某某號公車的屁股一路往上追……追了兩千多日圓後，到了山腰上的終站，原來是一所地方大學，我千恩萬謝將機器從公車司機手上接過（校警在一旁莫名高興的不得了），一回頭才發現這裡獲地勢之利，眼前是雪落如星的遠山，白色大地一片清拙。雲層銀藍冷媚。

後來就坐在那耽擱了半個早上。在金澤，沒有任何時間是可惜的。

◆

對我而言，談一個城市，無論親疏愛恨，都非常難。我們活在一個街角未必比海角體己、海角未必比街角艱難的液態時空，哪個城市都顯得滿懷奔赴，都具備各式公共性質。然而你與它之間，到了最後，仍是極為私人的關係，所以不管如何地講與人聽，都有人心隔肚皮之感。都有些百口莫辯。何況從google街景車到我的手機中秒秒增生，裹滿地球身體的影像，反而永久解開了各種神秘性的衣扣，一旦撤除了奇觀與陌生感曾經為我們製造的同船之渡，從此，人與空間的事，就變得非常普遍，也非常個人，那最為個人的尖端又正指向於其普遍：所有人在各有長短利鈍的身體裡，以為看見了同樣的事，可是所有人心中的同樣，根本又不一樣。

愈是光亮平坦，愈無法互相辨認，真是比全部的黑暗更加伸手不見五指了。

常常有人問我為什麼喜歡金澤，我總是像這幾千字的樣子：說了很多，但自己又感覺什麼也沒有說完。又感覺什麼都說不到。有時我坐在那裡，心中一下子栩栩如生，一個關於金澤的瞬間如車禍橫衝直撞而來。它們從來沒有意義或前後文。或者是從深巷穿出時，光線彷彿推動著街道的樣子。或者是站在十字街口等著過馬路時空氣的流動方式。但這些該怎麼說呢。

也或許，談日常喜歡的事，就像談一個日常喜歡的公眾人物，可以非常輕鬆，流利俏皮。然而談有了情感的事，就非常拮据，像是談一個，你覺得，以所有文字圍繞都不足夠的人。

像是你為什麼愛了那人呢。嘗試給理由都是假的業障深。它最終的真相只是無話可說。

像是金澤極為多雨，年間雨雪降水日數，各種統計動輒一百七八十天（一年才幾天呀），但我去時總日日好日，拍照給朋友看，朋友說那藍真是藍到天空要壞掉。揮霍一點福氣，盤桓一周十天，等到回台北，它馬上又下了雨。這也說不出什麼原因。

離開是晚班機。下午搭上往機場的巴士，公路的右手邊，日本海上積雲總是臨行密密縫。有一次車抵小松機場正門，一抬頭，柔糯金質的雨雲像煎年糕，被咬一口，夕陽光線油晶晶流射而出。四下無人，我拉著行李站在路中央默默看了半晌。當時我覺得，人類古老時候，無論各種信仰，都以為那後面有天使，這一點都不愚蠢。

如果有一天你去金澤，願你也看見那陽光。有時候，說了許多煞有介事，又這樣那樣地去奔走，也不過是為了能在最後，站在一個沒有人的地方，與自己談一談天使的事。

——原載於《旅飯SEE》第七期，二〇一六年三月

最好的季節

王盛弘

自銀閣寺前至若王子橋，踅過哲學之道，暮色漸沉，視線濛上一層灰；驀地，小巷口屋角牆根幾株草本打了聚光燈般招引我的注意：一尺餘高，不歧不蔓，疏疏落落幾張狹長綠葉一路往上長，端頂一簇散漫黃色花瓣，煞是奇特；植株前插一張木牌，法書寫著「周辺大糞花」，這題名看似不雅，卻隱隱透露出一股風雅。

「大糞花」三個字旁還像老師批改作文似地，在嘉言警句旁畫了空心小圈；我蹲下端詳，思忖著，取這名字多半是為了防遊客摘採，好似台灣鄉間在將熟果子旁繫紅色布條，警告說剛噴灑農藥，有毒！可是，這幾株似花瓣而實為葉片、說是草又有莧菜身影的植物，是什麼呢？

人在路上，往往不自覺朝野草閑花望去、走去，旅途中有些場景經過多年以後還常無端想起，主角竟就是植物。比如東京地鐵目黑站旁一塊畸零地上一大叢煮飯花，撞見那時正是黃昏時分，一蕊蕊盛開；這麼多年過去，它們還是每逢傍晚媽媽下廚時分就會綻放吧！又比如那年九月十一日，也是魔術時刻，在愛丁堡近郊濱海小城，我貪看出牆幾朵玫瑰，花園盡頭落地窗，薄薄窗簾微露出一角，電視螢光無聲洩漏；回宿處後，房東急匆匆敲我房門，拉我看電視，一架波音七四七撞向一棟摩天大樓，緊接著第二棟；莫非愛丁堡濱海小城有玫瑰花園那戶人家，彼時螢光幕裡映演的，便是這一遍又一遍重播的畫面？就因此，那些無邪玫瑰花便與烽火在我腦海裡疊影，不請自來。

這一回到關西，是在秋分剛過日子裡，天氣舒爽，涼而不至於冷，出太陽但蒸不出汗水；朋友問我：「怎麼不晚幾個禮拜再去，有紅葉可看；或等明年春天去趕櫻花季，啊，那場面！」我回他：「別到時候只看到了觀光客，」沒有紅葉或櫻花，我並不覺得可惜，「有什麼就看什麼吧。」什麼時候出發，什麼時候就是最好的季節！新葉固然富於生之喜悅，繁華褪去，將凋將殘、將凋將殘之前的奮力一搏，也有不俗的美感。

事實上這一路走來，從沒少過花蹤草影：唐招提寺的萩一大蓬一大蓬越過矮竹欄，侵到小徑上，素樸小花紅的白的隨風招搖卻不招搖，把這座寺院更襯得幽深有味；志賀直哉舊居後院一朵芙蓉，靜靜任雨水澆灌；清水通防火巷口一盆西番蓮藤蔓攀著水管往上，開出一蕊艷異花朵；三年坂一戶民家門口錯錯落落擺一群盆栽，一種我看著眼熟卻支支吾吾叫不出名字的草本，小燈籠一般結著紅色果實，精緻雅致；奈良藥師寺的茅草、三十三間堂的犬蓼稻禾合植，纖細、修長，秋就在它們於風裡微微晃動中，輕輕漫溢開來。

或是朝顏。日本植物中，名字嵌進「顏」字的，至少有四種，除了朝顏，還有晝顏、夕顏、夜顏，皆以開花時間為度，分別是牽牛花、日本打碗花、扁蒲花、天茄兒。傳說採下日本打碗花，吃飯時會打破碗，故名；扁蒲即瓠瓜，餐桌上常見的菜蔬；天茄兒又稱月光光，傍晚開花。

日本茶道宗師千利休（一五二二—一五九一）庭園裡朝顏開得燦爛奪目，

豐臣秀吉得知，命千利休舉辦茶會；但當豐臣秀吉到了會場，卻發現園中朝顏被摘得一朵不剩，為之震怒；待他進入茶室，看見陶瓶裡插著一朵清新朝顏，震怒轉為震驚、歎服。這種日本式生花美學，韓國人李御寧說的——「縮小了盛開宇宙之美，將瞬間放置到自己身邊的慾望」，我試著體會，但難有共鳴。

這時候，秋風吹起，朝顏已經準備退位；也正因秋意，裝點出它的詩意。東大寺二月堂、三十三間堂都將朝顏栽植在長條盆裡，放置窗前地面，在盆裡埋下一道道繩子綁到窗櫺或檐下供藤蔓攀爬，形成一張綠簾；這時節只剩花朵兩兩三三，裂葉邊沿有黃色褐色枯槁痕跡，蒴果飽滿，幾顆黑色種籽靜靜躺於地面，我彎身拾起，日後若栽在自家庭院，花季時邀朋友前來觀賞，「這株是奈良東大寺二月堂的，那片是京都三十三間堂的後代。」一想起來就覺得風雅；朋友中若有識者，輕輕發出了一聲讚歎，好疼惜又好羨慕地摸撫花葉，「啊，二月堂的呢。」「啊，三十三間堂的呢。」我心裡更有點得意了；接著朋友小心啟齒，「那，等它們結了種籽，可以送我幾顆，讓我在自家養著賞玩嗎？」哈哈哈，我掩不住驕傲了，豪爽說：「那有什麼問題。那有什麼問題。」眾人跟著都笑了，都說他們也要。

幾個人移步到桌案前，坐定，輕啜抹茶，食和菓子，談笑，晨光透過綠簾，在地面、在桌腳，在我們的腿脛上映出一個個細細碎碎的光點，隨翻飛的風閃著爍著。

朝顏退位、萩花謙遜，這秋分剛過時節，最為搶眼的，非彼岸花莫屬。

初抵關西機場，搭巴士前往奈良，天氣「曇」，車窗望出去，景觀單調，天與地都抹了灰，直到下高速公路進入郊區，一塊一塊稻田躍進眼簾，那景致！稻穗飽實而低首、葉片仍如一支支箭矢往上，金色主調，微染鮮嫩青綠，好美好美。引起我心頭一陣又一陣雀躍的，則是田壟上這裡一蓬那裡一簇紅色彼岸花，見花不見葉；後來在唐招提寺前往藥師寺途中、藥師寺附近稻田田壟上，都發現它們自開自落，野草也似、野花也似。我是種過彼岸花的，父親帶回家的球根，平日裡只有綠莖綠葉，呵護著照顧著，只等著它一年一度盛開；我們當它家寵，絕非眼前這般放任田間野地裡生長的景況。

後來在京都塔大樓書店買到一冊《銀花》季刊，第六十七號，昭和六十一（一九八六）年九月三十日發行，主題是「東京的雜草」，發現彼岸花名列其中；雜草專家稻垣榮洋著《身邊雜草的愉快生存法》，也有彼岸花身影。原來，彼岸花是以雜草身分定居日本的。

雖說是雜草，但它落花後無法結籽，繁殖都靠地下根，而能在二千餘年前，自中國長江流域引進北九州島後，目前普遍見於全日本，靠的還是人力。一方面藏有彼岸花地下根的土壤因建築工事等原因而運到各地，助長了它的拓延。二方面它深受農家歡迎，因為：彼岸花的地下牽引根可以聚合土壤避免流失；分泌的化學物質能發揮「異體受害」功能，抑制雜草生長；地下根有毒，鼴鼠等在田壟掘洞的小型動物會避開它。再加上雖然它有毒，人卻可以輕易去除，豐富的澱粉質使它成了救荒本草。

彼岸花之所以如此命名，是因它盛開於秋彼岸時期（春、秋彼岸，各在春分、秋分前後三天，共一周），我是誤打誤撞闖進了它的花季。除了紅色彼岸花，我在哲學之道還看見白色彼岸花，漪歟盛哉！

紅色彼岸花又稱「曼珠沙華」，白色彼岸花則為「曼陀羅華」。「曼珠沙華」一語出《法華經》，意為開在天界的花；但其實，在它眾多別名中，也有幽靈花、地獄花等稱號，除了因為秋彼岸是日本人上墳的日子，彼岸花常開在墓園，更傳說它是唯一自願投入地獄的花，被遣回後，徘徊在黃泉路上，開花給逝者指引和安慰，是「開在冥界三途河邊、忘川彼岸的接引之花」，花香據說有魔力，能喚起生前記憶；又因花葉兩不相見的特性，被稱為「無義花」、「老死不相往來」，在日本它與分離、死亡繫結，是喪禮用花。

很少有植物一如彼岸花，如此美艷，附會於它身上的意涵卻又如此淒厲。

離開京都前一日，去了一趟府立植物園；一踏進大門，波斯菊盛綻鋪展於近前，極目處是林木幽深，啊，我這個行色匆匆觀光客，留了太少時間給它了。走著逛著，看見遠處一片繁華，奔向前去，發現這些將近有我個頭高的植物，就是前兩日在哲學之道附近小巷遇到的「周辺大糞花」！它不僅有黃色品種，紫紅色品種更顯繽紛，還有各色雜陳的；我將名牌上學名抄進筆記本：Amaranthus tricolor cv.。種進記憶深處。

當晚收拾行李，掌中握著那幾顆拾來的朝顏種籽，猶豫、掙扎，闖關就是違法了，但是，但是要我扔棄它，又怎麼捨得呢？我坐桌案前，凝視黑色種籽，陷入了長考。

追記

這裡所寫的「周辺大糞花」應是居住於漢字文化圈，不通日語的作者誤解。根據譯者山口先生對文章的判讀，木牌上的文字應該是寫著「此處周邊謝絕狗、糞、尿」。在此訂正，並感謝山口先生的指摘。

——原載於《十三座城市》（馬可孛羅，二〇一〇年五月）

沒有，我沒有去過日本看櫻花

江鵝

每年春節過後，賞櫻的訊息會雨後濕疹一般，從我的臉書頁面長出來，一開始病勢和緩，到了三四月進入高峰期，成日都是粉紅色的瘙癢，這裏停了那裡發，直到櫻花落盡才有得消停。平常最令我感慨自按讚不可活的，本來是那種專放美食縮時影片的粉絲專頁，只想到要配合他們自己的美國時間，也不考慮台灣人就寢時分看到那些食物是什麼心情；但一到三月底四月初，最挑戰理智神經的卻是各大旅遊專頁的賞櫻資訊，東京千鳥淵好美，京都醍醐寺好美，奈良吉野山好美，我沒去過心好痛，稍早見到小江戶川越的「花見舟」照片，讓我想要立刻含一顆巧克力舌下錠來緩解疼痛。

旅遊專頁的美景照片張張專業，角度構圖配色和路人數目都經過精心算計，一看就知道裡面藏著學問。哪裏可以看什麼櫻，搭配什麼景，早開的花在哪裏，晚開的哪裡還有，搭什麼車，買什麼期間限定，該留意該提防的，交待得體體貼貼，是賞櫻的論述，逐文爬讀能夠建立「傻瓜也能享受滿開啦啦啦」的樂觀期待；叫人猝不及防妒火中燒的是臉書親友一眾，這些人幹的是賞櫻的實踐，緯度從南到北，嘉義阿里山、淡水天元宮、關西關東北海道，有狗的牽狗，沒狗的牽人，沒人牽的糾眾野餐，在藍天白雲下映著嬌嫩的櫻花拍照貼臉書，「這季節不看櫻花才是傻瓜哈哈哈」。想當初結交這些人，圖的不就是生活裡多一點趣味和溫暖，誰知道貼起賞櫻圖的時候，一個比一個手段兇殘，尤其那些在日本打卡的，心若鐵石令人髮指。

這疹子年復一年地發，又癢又煩，斷根的辦法大概就是親眼見識一趟。儘管櫻花只挑春天綻放，在日本卻像是四時長生，任何季節去到日本，都能見到鑲嵌在精神細節裡的櫻花。國族的，文學的，歷史的，生活的，花朵乍看很輕，名字卻帶著重量，正當我以為該恭肅對待，卻又發現它在市井歡鬧。世上許多地方都有櫻花，但唯有在日本，才能看見一個擁抱盛放與殞落的民族，以獨有的姿態讚頌櫻花的盛放與殞落，那是我想帶著謙靜的眼睛與耳朵前去感受的人文景致。要是日本觀光局看到這一段，感念我如此識情趣得人疼，邀我前往賞櫻，也算不枉這費盡心機的示意。我必定要排除一切行程前往赴會，沖一壺綠茶，帶上一盒米飯染得粉紅粉紅的花見便當，和貼著鹽漬花瓣的櫻餅，櫻餅，與櫻餅，坐在櫻吹雪的微涼春風裡，吸著謙靜的鼻涕慢慢嚼，彌平我年年空爬賞櫻文的嘆息。

賞櫻原來是不能拖遲的旅行項目，想了好久要到日本看櫻花，卻老是不得因緣，或是機位難求，或當年預算困難，再不然就是旅伴意願不足。本來覺得無所謂，總會讓我等到天時地利人和的時候吧，不料一年拖過一年，竟然不巧長成了畏懼人潮的人。前年我承諾帶媽媽到京都玩，讓她先選好櫻花或紅葉，我好趁早訂票，心裡盤算著要是她選擇櫻花，我以孝親為名或許能生出好一點的人潮耐受度來，誰知道她居然撇著嘴說櫻花她早就帶著外公外婆看過，不用了。自以為小有見識的女兒被鄉間的老母告知，她所願望的賞櫻行程沒什麼好稀罕，其實挫敗感挺大的，只待這個四月再在臉書上看幾張親友的櫻下打卡照，我便應該終於可以心碎。

去過日本好幾趟，要說從沒見過櫻花那是騙人。有一回去東京是三月中旬，新宿御苑裡的櫻樹只開了幾株，很客氣很內斂的局面，但壽司和茶都已經買了，總是得坐下來吃完。園子裡面人不多，保育園的老師帶著一群幼兒在草地的另一端活動，包著紅布帽的小型人類拉住手一字排開，喧嘩奔跑著，我與同行的夥伴一邊吃，一邊看著遠方宛如日劇的場景，偶爾抬頭望著樹椏上將開未開的櫻花出神。成串成排的花苞，粉嫩的花瓣還卷著，間中幾朵微微開了口的，仔細看進去，會發現一條條赭紅色的花蕊，隱約要探出來。我心想，這意思不就是露著鼻毛的鼻孔嗎？真有點像啊，那含蓄的搖曳。

那一次看見的櫻花，絲毫不能滿足我對日本賞櫻的想像，充其量只能成為記憶裡突兀的一瞥。回台後我在部落格上分享櫻花花苞與人類嗅覺器官的共同特徵，引起友人們很大的迴響，大家都說那是個相當難忘的觀點，有些甚至表示感情受到傷害。爹某（我看日劇女主角楚楚可憐表達語氣轉折時都這樣講），我並沒有要說櫻花壞話的意思，像我這種不曾好好賞過櫻的人，如何說得出紮實的壞話來？我只是懷抱著傾慕太久，苦等不到一次盡情的親近，對著長年掛念的對象，能多說上一兩句心情，也勉強算得上些微的安慰。我這是愛。

——原載於《旅飯SEE》第八期，二〇一六年四月

「那個時候」，我滯留在東京

陳栢青

大地震時期在東京，光說「旅遊」兩字都覺得是在犯法，多不道德。但來都來了，關在旅館傷心，又怕出去傷身。「空氣裡輻射超量」、「東京全城警戒」，以前最恨台灣新聞報不準，這時候又希望它維持一貫水平。大地震時期，誰都知道別出去亂亂跑，三一一地震後數週內的外國遊客道德指南是網路上標語：「別去旅遊成為別人的麻煩，就是對日本最好的援助」，但倒也不用把遊客說得像是惡意棄置在街上的垃圾，妨礙市容還要人撿，真想為他們辯護幾句，如果你也跟我一樣滯留在大地震時的日本，那時候，災難是空間，分區限電，電車減班，可以活動的實際範圍變小了。災難是時間，深夜手賤點了NicoNico影音網站，發現有個即時轉播，鏡頭多單調只對著窗口前懸掛手機那樣小的機器螢幕上數字猛拍。我想，拍水表有什麼好看？幾秒以後，搞明白了，那是輻射劑量偵測器，這是一個「千葉區輻射劑量值」的現場轉播。看看下方點閱人數，幾千幾萬在跳，深夜的東京，多少雙眼沒有闔上，眼皮徹夜跟著數字在跳？滴答滴，滴滴答，深夜的東京連時間流動都是有聲音的，那是放射線讀數跳上跳下的提示音，小鼓一樣不間斷的響。大地震時期的東京，你一個人在旅館，工作未完，還輪不到你回去，和你一道來的夥伴卻神通鬼使一個一個不見了，會議室的位置今天比昨天更空，明天還不知道會怎樣，那時，你想到的絕不會是「旅遊」兩個字，你只是想找一個出口，去透口氣也好。那是大地震時期的精神狀態。就是變成一只罐頭，期待被打開的一刻。

要出去。怎樣都要出去。左右晃一下也好。只要稍微離開這裡。就算還是在這裡。

我是這樣開始我的東京逃亡旅行的。

在御台場《決戰猩球》

如果在東京，只能去一個地方的話，你想去哪？

那百分百就是御台場了。

御台場御台場，東京灣內填海造路的人工島，一度因為泡沫經濟和主導「東京臨海副都心」計畫的政治人物敗選而被沒落，成為岸邊荒島——御台場的前世聽起來多像桃園航空城的今生——御台場的戲劇化轉折起於九〇年代末富士電視台將本部由新宿遷移至台場，也就是我們熟知建築鋼骨穿刺之間頂著一顆金屬圓球造型的富士電視台大樓。還好它只有一顆蛋，如果做了兩顆，下面仰瞰應該會很害羞。從那時開始，我們熟悉的御台場，不，我們的九〇年代才真正誕生。偶像劇在此取景，東京愛情故事，忽然發生的愛情，戀愛世代、大搜查線，多少眼淚因為台場流下，漫步的海灘，遙望彩虹大橋，台灣六年級七年級生對於東京最初的想像，以及九〇年代正萌芽的愛，都從這裡開始。

旅遊指南推薦搭乘「百合鷗號」前往御台場，因為是捷運採高架設計，列車穿過高架上不規則金屬鋼軌，兩旁有各式造型的玻璃帷幕大樓夾道來迎，「會萌生一種正前往未來的感覺」，一走出車站，「視野真好」，我嚷著，這才注意到這裡是停車場。怎麼會連停車場的視野都這麼好呢？竟可以直直望見遠方的天空，地平線上沒有任何遮蔽物，這時便懂了，所謂的「大」和「荒涼」是有區別的。大是有容，荒涼則是，除了我之外，這世界不存在其他生命的痕跡。停車場空空的，我的心慌慌的，信步往前走，最近的OUTLET插著立牌，滿紙假名只有「土壤液化」、「檢測」、「關閉中」幾個意思是猜得到的。台場很寂寞，指南書真格沒唬人，「萌生一種正前往未來的感覺」。

路空了，小徑就顯得寬，一旁自由女神像看來更小了，指南上寫該女神像乃是由法國運來的，太受歡迎就不回去了，像我一樣滯留在這。再折去海濱公園內，細白的沙灘上就能看見彩虹大橋。海濱公園的海灣是環臂似的圓弧型，原來如此，這樣的形狀才足以讓海與陸地有了立體感，地震後第三日，那真是很好的天，風是輕輕的，像是九〇年代偶像劇裡的天氣一樣，多適合披著白紗奔跑和戀愛。不一樣的只有，這裡一個人都沒有了。無人的沙灘、自由女神像、和御台場唯一剩下的我於此刻形成一個金三角，這不就是電影《決戰猩球》的全部元素了嘛？電影裡衰鬼男主角乘坐的太空船迫降，一小時九十分鐘都在看他讓各式猩猩追殺，直到電影最後一幕，男主角在砂粒堆中發現傾頹倒落的自由女神像，這才明白，喔，其實自己早已經回到地球。但又已經回不去了。

現在的我，也在演《決戰猩球》嗎？我躺在空無一人的海灘上很久很久，直到黑影遮住一半陽光，走過來穿著制服的男人哇哩哇哩對我說些什麼，啊，真抱歉，聽不懂呢，一邊點頭抱歉，一邊快速退走，心裡想，你看，我果然是《決戰猩球》男主角吧，聽不懂猴子說話。才想完又覺得不對，啊，也許那個跟我說話的人才是地球上最後一人，這裡畢竟是他的故鄉啊。我則是個外來客。他聽不懂我的話，我其實才是電影裡的猴子。

吱吱。吱吱吱。就在夕陽下，在一個人的御台場，我沿著海灘抓耳搔腮，很放縱的學著猴子叫，一邊奔跑著，九〇年代的風與沙灘漫步，轉角忽然發生的愛情，就這樣通向尾聲。

跑吧丸之內

膽量是這樣練出來的。得寸進尺，猴子都當過了，還有什麼不能的呢？第二天，想去更遠的地方。心裡很饞，很想買東西。早在台灣就規劃好路線，但大地震後便明白，那是不可能的，東京城進行電力控管，什麼商店營業時間都縮短了，店裡就算是白天也弄得像晚上，要嘛不開，要嘛因為限電，空調都關了，一屋子敗氣，名牌都黯淡。高價店鋪索性就關起門。原來如此，忽然有個心得，大概在大災難時期，不開門的名牌，才是真名牌。那些還開著門透著氣的，裡面悶，外面空，什麼都遮不起來，生活的原形都露出來了，還論什麼美醜與修飾。

那還能去哪呢？大地震時期的東京，你想玩，還不一定能玩呢。不只是你賞臉肯光顧，也要這座城市給你點面子才行。東京地鐵跟著減班，且配合限電時間，很早就發出最後一班車，這樣七減八扣，也沒什麼地方能去了，想一想，去丸之內吧。

丸之內以東京車站為中心點，除了周邊商區，徒步就可以抵達皇居。東京車站本身就是不停在長大的歷史，毀了又站起，也已經近百年，部分建築以「赤煉瓦」搭建，文藝復興式尖塔風格讓人想起台灣總統府。跟著指南上講解走出地鐵出口，抬頭正面相迎卻是一座大工地，等等，地震竟摧毀東京車站嘛？要看一旁解說才知道，喔，原來是一九九九年起定案進行車站整修工程。車站周邊都圍起來了，真是遺憾，但又不是那麼遺憾，畢竟，再沒有比大災難時期逛整修的車站更恰逢其時的了，哪裡是完整，哪裡是破敗的？一下子竟然看不出來。

車站再往前，就是皇居了。比較吸引我倒是所謂「皇居runner」，也就是繞著皇居周旁路線的慢跑者們，根據當地市公所調查，在皇居奔跑的人流量，一日以五千計，在皇居周旁甚至有許多專為runner經營的小店，提供休息與換洗衣物的服務。且因應這麼大量的跑步人潮，皇居runner們約定成俗數條跑者公約，例如不要順時針跑，大家必須逆時針之類。我想這地方如果從高空看，一定很有趣，繞著丸之內的皇居為中心，人們集體作逆時針的移動。到底是從什麼時候開始有這風潮的呢？又是為什麼以皇居為跑步勝地？我繞著皇居開始走，心裡想，也許只要是人，很自然就需要一個中心吧。那也不追求什麼意義，中心就是一切意義的所在。生活著就是一圈丸之內。

神啊，讓我遇見一個runner吧。我想。時間還在轉動。只要有一個人跑著，我就知道，東京還存在日常的時間。

這樣想著，在皇居旁打轉，一個跑步的人都還沒見呢，頭一低，卻發現，今日電車停駛時間要到了，手錶跑得比人要快點。

我可不想走路回飯店啊。這樣想著，已經揣起背包，腳底蹬裝高窕用的五公分鞋墊奔跑起來了。耳邊嗡嗡有聲，在車站出現在地平線的那刻，我忽然想到，一個runner都沒有看見，而我變成自己想看見的那個人。

時間是很久以後。根據《朝日新聞》報導，三一一地震後，皇居周邊

runner日流量由地震前一日五千多人躍升至八千，新聞描述：「日本地震後人們意識到『發生災難後體力最重要』。」

體力很重要，拉麵要喝大蒜風味，辣辣吃才好。我想，再去多少次日本，我還是一輩子的異國人吧。但只有那個時候，大災難時期的東京，我曾經跑著跑著，跑成丸之內，彷彿在東京心中。

——原載於《旅飯》，二〇一五年九月

尋羊冒險記

胡慕情

花開得好美。

清晨五點從旅館駕車出發，往北緯三七．三度的川俣町。初夏花朵不比春生遜色，依舊萬紫千紅、爭奇鬥艷，茂盛綻放在阡陌原野，或水流淙淙的溪谷。天光很好，將初晨尚未蒸發的露水照得好亮。它們低掛在草葉末端，謙卑卻晶瑩地映照繽紛的顏色。睡意突地消散，「花開得好美」的念頭，在腦裡盤旋不去。

川俣町在江戶時代以絲織聞名。二戰後，改種大豆、菸葉，近年飼雞，發展出完整酪農產業。二〇一一年三月十二日福島核電廠爐心熔燬，距離福島電廠二十公里的町市全數強制撤離。彼時，所有人以為輻射塵會乖巧如斯、待在日本政府圈定的二十公里範圍。實際上，輻射塵隨風而飛、隨雨隨雪沉降，秘密侵占田野與森林。五十公里遠的川俣町，在幾天的慌亂延誤後，才終於成為指定疏散區。而兩年過去，川俣町依舊杳無人跡。

「在這裡停一下。」攝影師P喊了一聲，下車、拿腳架，定立在大片農田前拍攝。口譯T在車門打開後旋即戴起口罩，且不自然地咳了幾聲。原以為是清晨溫度僅九度的關係，T卻冒出一句：「那些田生產出來的食物，不會有人要吃。」

兩年前，T曾協助台灣公共電視另一組同事到距離福島二十公里處進行採訪。返台後，鼻血不斷。其他同事，也出現身體不適症狀——輕則呼吸道過敏、腹瀉，重者結石。這使T拒絕我在二〇一二年前往福島的採訪邀約。二〇一三年，再次前往福島，此行希望突破二十公里禁區，T曾躊躇，最終還是共同前往。

踏入福島，方知核災當時劃定的二十公里禁區已不存在。日本政府每年投入五千億日元除污，企圖將輻射值控制在每年一毫西弗的標準。除污後陸續開放禁區，鼓勵民眾回家，二〇一三年時，僅三至五公里的「難以歸返區」不能出入。其餘如十幾公里處的小高町，被稱為「預備解除區域」——白日可返回整理廢墟，夜暗即得離開不能居住。

禁區如何劃分？拿著輻射偵測器實地檢測，數字呈現的結果讓人迷惑。川俣町背景值是每小時〇．九微西弗。然而距離福島電廠五公里處的背景值，僅每小時〇．二微西弗。距福島電廠五公里處的輻射值不比五十公里高，但五公里處依舊是禁區。而二〇一三年六月一日、二日，福島縣政府在輻射背景值有每小時〇．七微西弗的福島市舉辦「東北六魂祭」、大打振興災區口號。日本各大小車站皆放置文宣，招徠觀光客參觀美麗的花見山。花見山春時野櫻滿山，二〇一三年四月，輻射值卻依舊高達每小時一．一微西弗……。

預備解除區域，朦朧曖昧。而渾沌的形容詞不僅於此。

酪農杉昌和的牧場距離福島電廠二十一公里，該處被稱為「推薦避難區域」。杉昌和在核災發生時帶著妻小逃到新潟，三天後返回農舍，發現部分乳牛因過久沒有擠奶，再也無法生產。杉昌和忍痛舉槍，如電影導演園子溫拍攝《希望之國》裡的主角小野泰彥，槍殺將近一半的乳牛。殺死賴以維生的乳牛後，杉昌和突然決定不再躲藏：「沒辦法，我一輩子只會養牛啊。」他獨自回到輻射值每年仍超過二毫西弗的「推薦避難區域」，替鄰居養起剩下的牛，把孩子和太太留在新潟，一年至多見上一面。

「さびしい。」我說。

「さびしい。」杉昌和揚起笑，揉合無奈與平靜，溫柔地撫摸乳牛，牛親暱伸出舌頭舔著他的手。杉昌和和這群牛或許仍屬幸運？至少他們不必像攝影師太田康介拍攝的動物們，必須歷經徹底的分離。

拜訪完杉昌和，則隨稻農三浦廣志前往核災前他居住的浪江町。這裡曾是黑色巨浪吞噬之地，而今海嘯平復，災難現場也經過整理，但時間依舊被驅離。

不，這麼說並不精確。應該說——僅有人類的時間被拔除。海嘯積水一年一年緩緩退去、野草在柏油路裂開的縫隙茁長、藤壺攀爬在金屬的車身、河川恢復原有幅寬……但這裡沒有人。

沒有人。

如果沒有那座有人祭拜的亡墳在路旁，如果沒有，我會以為，這僅是一座精心打造的災難舞台拍攝現場。

「你常回來嗎？」我問三浦廣志。

「不，除非必要，否則不會回來。」

三浦廣志擁有三公頃大的農地，加入農協組織，種米、種蔬菜，也養雞，核災前正打算嘗試有機農業的耕作，而災後，一切歸零。讓人詫異的是，三浦廣志沒有放棄農業，他搬離浪江町，住在南相馬，向人租地，重新耕耘。第一年，他嘗試用稻草梗吸收輻射，第二年獲得實證，確實可行，其他稻農才慢慢回流。只是，比起蔬果，稻米相對容易吸收輻射，至今福島稻米銷售量依然不好。

儘管如此，和我們同行的每分每秒，三浦廣志都笑著。他的笑容毫無勉強，爽朗且堅毅。

「你歷經核災一切歸零、和家人分離的傷痛，為了耕種，還得找出減少稻米吸收輻射的辦法，自己檢測稻米，想辦法找回通路，銷售卻依然很差，為什麼還要繼續下去？」

「核災過後，有法國財團願意協助我到其他地方去種米，但我拒絕了。」三浦廣志強調：「如果全福島所有農民，都能和我一樣有一塊地重新開始，我當然願意和大家一起過去。但這是不可能的。全福島一共有一百九十萬人，其中有許多務農的人，如果這些務農的人無法重新開始，這就不是一個正常的社會。一個社會沒有農業，絕對不是正常的社會。」

眺望遠方，福島電廠的煙囪依然矗立。

以為花不再開。實際仍有艷紫菖蒲挺立在荒蕪田埂。

那天之後，總輕哼Pete Seeger的《Where Have All the Flowers Gone》。

時間凝滯，抑或周轉？

斷點之後，我們選擇傾身何處？

◆

從福島返回東京，結束採訪，開啟一段旅行。第一站，是往北鎌倉到円覺寺。

近午出發。抵達円覺寺，天色陰霾。入寺右行順石階走一小段山路，便抵達國寶洪鐘。許多人坐在涼亭前吃茶、俯瞰鎌倉街景。洪鐘在後，以木閘圍繞，禁近禁敲。上有漢字寫下「風調雨順，國泰民安」。望著古鐘，哂然一笑，沒有多做停留，沿原路下行。我想去墓園。

洪鐘道旁的墓園隨地勢而建，多以花崗石造。碑上刻有名姓、謚號，偶有燙金或墨黑如墓誌之字躍然其上：有夢、有福、有平安。我欲尋覓的是導演小津安二郎的墓。小津的墓不浮誇，得慢慢細看。尋得之際，突然撥雲見日。空無一人的墓園裡，沁汗端坐小津墓前。有蝶飛過，有毛蟲爬上背包，感到這是安和的一天。微笑，對他致謝，立坐端詳墓碑上的「無」字，數天前採訪的衝擊驀然湧現，不禁落淚。

小津電影中人情密集的町屋畫面，象徵戰後集體倚靠的力量，那是帶領日本復興的重要關鍵。但小津的視線不僅於此，他的鏡頭也鎖定快速現代化後人際關係的崩解與疏離。兩相拉扯的叩問，一直延續到幾十年後的今天。核災發生後，拉扯更進一步產生變形。

二〇一二年七月，為抗議日本政府強制重啟尚有斷層爭議的大飯電廠，東京舉辦反原發大遊行、超過十萬人包圍國會。警方拉起封鎖線圍堵抗議者。當時我被人潮擠至衝突最前線，和警察的漠然雙眼相對。推擠和口號起初和緩，隨著警方壓制，力道愈來愈大。感覺將有衝突爆發，處在群眾間感到興奮。興奮並不源於媒體工作者的嗜血，而是核災發生以來，儘管諾貝爾文學獎得主大江健三郎銜領的遊行群眾數目前所未有，日本政府依舊推諉漠然。

就在瞬間，警方啟動警備車往人群駛去，驚詫以為車子將要沖往群眾。但下一秒，警備車因主持人的呼喊而停止：「大家冷靜！集會禁制的時間快到了，我們冷靜！」八點。國會前不得再集會。時間的指針沒有將緊繃的氛圍戳破導致爆發。人群散去。寬了心，卻也難掩失落，感到深深的壓抑。

壓抑的情緒在此行採訪福島災民狀告東京電力公司時重新湧現。二〇一三年四月，福島電廠依舊傳出跳電、輻射水外洩等新聞，東電對此輕描淡寫。五月，遠從被安置的各個縣市前來抗議的受害者約莫千人，在災難的震撼以及時間與謊言的折磨後，仍然安靜守序。指揮人員要求抗議者列隊站好，東電遲不出面，陳抗者便乖乖等待。東電位於車站附近，街頭人群熙來攘往，卻漠視。瞬時一陣暈眩與迷惘，以為那畫面也只是拍戲的佈景。

無事。

円覺寺經常出現的字樣。但有歧義。

想起《尋羊冒險記》的段落：

「你那時給時鐘上了發條對嗎？」

老鼠笑笑。「真是不可思議。在長達三十年的人生最後最後所做的事，竟然是幫時鐘上發條啊。都要死的人了，為什麼還為時鐘上什麼發條嘛？真奇怪啊。」

滴答滴答。死人上的發條滴答滴答。

◆

滴答的聲響累積成時間的河。離開円覺寺，前往關西。新大阪車站下車後到旅館check in，旋即返回車站，搭JR往約莫十五分鐘路程的芦屋。芦屋不是一般旅人會前往的地方，選擇此地，因行前重讀村上春樹的〈重回神戶〉。芦屋是村上的故鄉。一九九五年阪神大地震後，村上舉家搬離。兩年後，他獨自重返、步行，因想確認，在這已然失去了的故鄉，在自己眼中顯現的會是什麼樣子？在那裡，「人又會發現什麼樣的自己的影子（或影子的影子）？」

順著村上的步伐，穿過富有節度的商辦與住家。芦屋的氛圍低調矜貴，傳統望族氣味可一直追溯至明治維新，源遠流長。但在平和寧靜的風景裡，始終有暴力的餘音迴盪——

江戶時代，豐臣秀吉建立大阪城，隨後疏水造陸、大鑿運河，佐以監看諸侯的政治手段，迫使各地米糧、特產都必須送到大阪運轉，大阪因而被稱為「日本的廚房」。福島災前，三浦廣志的稻米便得先送往大阪，就連核災後，他也試圖從大阪重新立足。

地理位置不可取代所帶來的經濟基礎，讓大阪得以累積文化資本、成為商人之城。儘管一八六八年首都自京都遷至東京、古都千年劃下句點，大阪與神戶的重要性並未因此殞落。十九世紀，日本結束鎖國，明治維新啟動，日本六大財閥中的三井與三菱等財閥，繼掌握生產資材煤炭，也掌握金融與商業資本。大阪港被改造為石化重鎮，紡織業就近茁壯、力壓英國，「水都」漸成「煙都」。

一九一四年，阪神、阪急兩家公司，發行《郊外生活》等雜誌，向白領階級宣傳居住郊區的優勢，雜誌裡有醫生疾呼：「若要延壽，非得馬上離開市中心、搬到阪神間『健康地帶』去居住。」一九二〇年，阪急電鐵啟用，芦屋成為新興住宅區，阪神間一帶因而發展出所謂的「摩登主義」。

快啊、快啊，鐵道快速穿梭而過，表層的城市改造，奠基於精密的資源分配。透過鐵道，資本索取工業化所需能源，如福島縣的磐城便是煤炭小鎮。西化的特徵之一，即是讓衛星城市的進貢命運無從翻轉，藉此鞏固擁握資源者的地位。當財閥主導發展動向，而地理環境侷限進一步發展的可能性，軍國主義與資本主義的進擊勢在必行。二戰爆發，殘殺不斷。直至美國於一九四五年，在廣島上空投下原子彈所製造出如火山煙柱包圍起來的巨大雲朵，強迫所有生物沉默。

二次大戰，芦屋也遭轟炸，超過四成住宅毀於一旦。但一九五一年，日本政府旋即頒布「芦屋國際文化住宅都市建設法」進行重建；一九九五年，阪神大地震幾將芦屋夷為平地，日本政府再度花費十年，重現堪比東京田園調布的城鎮樣態。這是同身為多地震島民習以為常的做法與景象，然在福島災後，我再難將「重建」與幸福與寧靜畫上等號：重建的迫切其實隱含人類對物質崩壞的恐懼——因物質之存在是為輔助赤裸軟弱的我們不被自然吞噬，能修復崩壞，即象徵重生與存既的可能。但當修復只局限於物質而非觀念的扭轉，所有的「新」便注定是舊的重複。

戰後六十六年，原子能的殘酷以另種形式重現。科技隔絕部分輻射，使人類不在前驅期（受曝輻射後四十八小時內）因高輻射「直接死亡」。然日本社會運動觀察家武藤一羊，仍將福島稱為「活著的廢墟」。武藤一羊這麼說：「廢墟是死去的地方，但那地方又有活意。這是矛盾的狀態。但若以歷史來定義，福島確實是死的。」

歷史。時間的串連。映照錯誤的反覆。

福島災後，所有核電廠停止運轉、進行壓力測試。日本透過節電撐過一個又一個酷暑。但關西電力公司在日本政府支持下，以缺電為由，強力重啟大飯核電廠。重啟大飯電廠後，關西電廠停止節省一五％的電力。原子力資料情報室主任伴英幸直言：「重啟電廠，完全都是為了電力公司的利益！」

於廣島落下的原子彈，毀滅日本侵略東亞所建立的一切，創建冷戰架構。為維持戰略佈局，美國將日本當作牽制蘇聯與中國的戰略棋子，陸續在太平洋群島進行核爆試驗，這一連串核爆試驗讓許多日本人受曝，曾有三千多萬筆署名拒絕核能。擔憂反美情緒繼續高漲，美國開始宣傳「核電是天使」，推廣核能發電的和平利用。由於自民黨一直希望恢復戰前所謂大東亞共榮圈的局勢，吸收美國的核電技術，打造戰爭基礎，成為政治人物優先考量。自民黨與三井等財閥組成「支配者集團」，在戰後爆發石油危機、復甦經濟急需能源之際，讓原子能於一九五〇年代中期，以供電與安全保障為名，進入日本。

正是戰爭的基因，使核電永遠不可能是安全的產物——「不管世界上哪個國家，只要政治條件足夠，都隨時可以轉換成核彈，擁有核電廠的國家就是在思考這些事情。擁核，會有輻射外洩、核廢等問題，但這些在軍事架構之下，是完全可以不用考慮的。軍事產業下不會有環保的概念存在。」武藤一羊說。

那天下午，沿芦屋川步行到出海口抵達大阪灣。出海口的色調晦暗苦澀，礫石沾滿船舶的油漬，幾無人煙。當初逃離大阪的富賈，會知道在不斷發展的歷程中，依舊無法閃避破敗的自然嗎？或許知道，或許假裝不知道。高高的防波堤守衛富裕的人，隔離了被防波堤與污染港灣夾擊的海岸邊那些年邁、鄙俗、沉默剖蚵的人們。

走上階梯。路旁即是高級住宅區。突見一名肥胖剖蚵婦女旁若無人地脫下花褲小便。我驚詫，但僅短短一秒。因想起途經芦屋圖書館時，看見牆面懸掛的芦屋發展史——

一九九五年，阪神淡路大地震。
而福島核災，地震為肇災主因。
那瞬間，剖蚵婦女衣著上的花，宛若福島所見，一樣盛開。

——原載於部落格「我們甚至失去了黃昏」，二〇一三年七月

仙台記事四則

盛浩偉

一　芋煮

二〇一〇年孟秋，初抵日本仙台，落腳車站附近旅館。放下行李便隻身上街晃蕩，尋覓晚餐，才發現功課做得實在不足，一切陌生得有刺，於是不敢走得太遠，同樣的路踅了好幾遍。最後，只隨意於便利商店買飯糰飲料，回旅館，看了看電視，早早睡覺。

這是交換留學生活伊始。

隔天，跟著學校人員的帶領辦好手續，進住學校宿舍；再幾天，開學，入了東北大學國文學（即日本文學）研究室，腳踏實地般體認到，自己真的成為了交換學生。

然，人人對交換學生的定義可以天差地遠，我是極少數「自虐」的那種。誤打誤撞選了比一般日本學生還要多的學分課程，期初最忙，周間遂一日不得閒，連周末，閱讀資料作業報告也都得趕進度。如此獨自浸淫講義書堆，無心交際，則漸離人群遠而又遠。只剩不熟悉的異國文字相佐，卻又往往意識到不同語言之間難以跨越化約的鴻溝，總因而寂寞。同校攻讀碩士的學姐問我：「只是交換學生而已，怎麼比我還苦？」

十月中旬芋煮會，便成了途中喘息。

芋煮會，主要行於日本東北地區，紅葉季前的秋日風景。人們傍河原聚集起灶，顧名思義鍋中燉煮的是芋——並非台灣那顏色淡紫，香馥鬆軟的大顆芋頭，而是「里芋」，小巧，色白，煮得熱呼呼，最特別是芋肉帶有滑溜黏液，嚼來口感綿密裡有濃稠，令人難忘。煮芋湯底亦緣地區有所不同，山形縣是薄醬油熬豬肉，宮城縣則常加入仙台味噌，云云。

會前幾天，收到研究室發出電子郵件邀約，本是不期不待，反倒因未知而有些退卻，但仍答應出席。

好險答應了。待到當日近午，在研究室日本同學帶路下到達廣瀨川邊。空色難得清朗，岸邊圓礫早已鋪上墊布，各路人群雜處，或站或坐；而鬧中有靜，河流寬廣澄澈，水面波紋徐綻，兩旁茂樹搖曳，炊煙裊裊盤旋，烏鴉棲止線纜之上。

氣溫已趨涼爽，著厚衣外套卻又微滲汗水。我站在橋上端望，莫名衝動，就拿出相機擷取光景。

陣風吹過，微寒沁入膚裡。但想到久未與活跳跳的人群好好相處，交談，凝視彼此眼神，放心感受彼此血肉——我心裡，則湧起一股暖意。

二　楓峽

十一月愈冷，研究室學長看著窗外嘆：「該不會葉子還沒紅，就先掉光了。」我同盯著那樹上已轉紅之葉，如火熾烈燃燒。忽然，就泛起興致，打算趕著月中連假，遠遊賞楓。

仙台附近賞楓勝地所在多有，鳴子峽最負盛名，其他交換留學生正計畫前往，熱情邀約。但我心裡牢記的，卻是彼日芋煮會上，同學訴說至隔鄰岩手縣遊賞的經驗——那裡是「猊鼻溪」。名字冷僻，發音難懂，初聞一時無法意會，還鴨子聽雷了一陣。爾後查閱資訊，卻深受吸引，因而婉拒同樂，決定獨自行旅。

彼處交通不算便利，轉了幾趟車，目的地車站還小得無人看管，而若錯失搭車時機，更難以返還。甫下電車頗失望，完全是普通鄉間風景，絲毫不若名勝之地。我暗自遲疑，但仍讓路標帶領前進，十幾分鐘步行後，才終於豁然開朗。

溪水切開大地，形成河谷，兩旁岩壁陡峻，崖端群樹叢生，葉則連綿成彩緞擒錦，橙赤繽紛，間以翠綠，是季節最美風景，與楓景。在河下游處，能乘坐日本唯一手划式觀光船。旅客坐定，只見漁夫撐起長篙，船身一擺，船頭一晃，便緩緩在河面漂了起來，溯游上行。

船行終點，壁上突出一塊形狀特殊的岩石，顏色橙黃醒目，彷彿獅鼻，原來就是溪名由來。

然此石奇則奇，比起谷中旅程之驚豔，卻要遜色不少。

駛於河谷時，籟聲隱然騷動，又維持表面靜謐。太陽斜射，谷壁一陰一陽，明暗截然。河流曲折蜿蜒，河水清澈見底，游魚伴於船側，野鴨追隨船尾，一同劃出道道波紋，弄縐峽上楓紅倒影，色塊破碎，摻雜著粼粼光點閃爍，若琉璃粉塵，美而迷離，豔而幽幻。此情此景應是首見，我卻覺得熟悉。

正當思索，迎面就是另一艘客船。船夫打過照面，彼此唱起了船歌。

歌聲悠遠，一唱一和，如霧瀰漫，迴盪谷間。

是了，這股感覺，不就像之前讀沈從文《邊城》？

不，我想。這裡風景應當較湘西更鮮麗、更精緻、更華美吧？而且，只剩這片言說不盡的美景，沒有那些揪心的情愛、無常的期待了吧？

但我頓覺惆悵。

不，我想。這裡還留有一個滿腔感動，身邊卻無人可傾訴的孤獨之人哪。

三　光隧

進入十二月。宿舍附近大街兩旁的銀杏，早已黃如鑠金，落了滿地；

再遠一點的主要幹道「定禪寺通」，兩旁植滿高聳的櫸樹，春夏時茂密如遮，林蔭濃密，如今，也只剩下漫天寒枝，灰撲撲的天空被椏杈割裂片片。城市裡蕭瑟味濃，行人衣著樸素黯淡，個個拉起衣領疾趨而過，口中冒出白霧。

漂萍仍會生根，縱使身處異國，也日益習慣了起來。但熟悉即無感，初來乍到時的新奇漸次削弱，取而代之的是平庸的日常，重覆再重覆，清淡得無甚可說。大概也因如此，故人們總會有些節慶活動祭典，刻意耗費財力物力體力，只為替薄脆的生活增加彈性吧。

所以有「SENDAI Pageant of Starlight」。這是入冬後，趁著定禪寺通兩旁並木葉除之時，纏綴上近六十萬顆燈球。待夜晚降臨，電流通過，頓時便盛大璀璨。樹棚搭成光之隧道，不知能通往何方處女地，梢上則彷彿整條銀河星辰墜落於此，光輝魔魅而溫暖。

那日午後散步街上，閒晃間天色漸暗，本來只覺淒清，肚裡也空虛了起來。沒想到晚餐過後，回宿舍途中路經此處，霎時驚豔難語。我走進光之隧道中，逆向而行，大批人群迎面撲來，心中想起的是電影《神隱少女》開頭穿越隧道後抵達奇幻境地，又或者想起川端康成《雪國》：「穿越國境長長的隧道之後，就是雪國」的那般「復行數十步，豁然開朗」。

只是，此處顛倒了過來。我知道走出隧道，前方等著的，只是日常、酷寒之冬、無盡黑暗；反而身在隧道裡，才有最美的風景。我留連其中，來回梭巡許久許久。身邊人群接連擦身而過，兩旁馬路上，車燈則不斷閃逝，不斷駛離。

四　白雪

交換留學第一學期末尾，從早到晚，鎮日窩在圖書館趕作期末報告。

一月中旬課程結束，其後，便持續過著十幾天這樣的生活。早晨八點起床，趕到學校圖書館佔位，就整天坐著，或盯著電腦螢幕，或苦思半天擠不出一點靈光，或翻找手邊的書卻沒留神閱讀。或起身到圖書館休閒區的販賣機買麵包咖啡，提神，順便解決三餐。返回宿舍後亦不得閒，仍要繼續思索，閱讀，頂著零下嚴寒，把腦榨乾，把身體也榨乾。

彼時不感疲憊，不感勞苦，不感乏味，只因鄉愁洶湧難捱，僅想盡早完成所有期末作業，然後返回台灣；彼時不感疲憊，不感勞苦，不感乏味，是要到回了台灣，經過一個月悠閒調養生息，忽而憶起此事，順手計算，才驚覺自己竟在那段時間裡，硬是逼出七八份報告，近五萬多字的日文。

那是什麼煎熬日子？

但是現在，更哀傷的是，連想要再過一次那樣煎熬的日子，都不可能了。

二〇一一年三月十一日，日本東北發生巨震，宮城縣首當其衝。那時幸而人在台灣逃過一劫，事後亦確認了在日友人的平安。但波折依舊，情況未明，幾經考慮與爭論，最終，中途放棄了交換留學的資格。

從沒想到這一切結束得猝不及防。此後，時光持續餘震，生活過得恍惚又渾噩，驀忽間，遂一年又去。

一年前，我在仙台拍下的最後一張照片，日期是一月三十一日。

是日降雪。粉雪。吹雪。路上泛起濛白煙塵，結著冰霜。我照例在圖書館待到夜深，步履維艱地返回宿舍，持續與報告奮戰。凌晨，終於告一段落，起身舒展，忽然瞥見落地窗外，地面已積了層雪。

驟風已止，雪片緩緩飄下，路燈如水晶球放光，樹影延伸。房間燈熄，眾人睡去，成了無限靜謐時刻。

還記得那時候，我覺得，那是一幅很美，很美的景象。

然如今看來，心得卻大不相同。只想到，這實在是落了片白茫茫大地——真乾淨哪。

——原載於《名為我之物》（麥田，二〇一七年五月）

且說熊本城

朱和之

最近熊本發生兩次大地震，讓人十分關心災民的安危，同時也留意起熊本城的受損情況。新聞畫面中多以熊本城大小天守為主要畫面，但事實上這兩座天守在明治十年（一八七七）西南戰爭時就已焚毀，現在的天守是一九六〇年重建的鋼筋水泥建築，最上層還設有令人昏倒的玻璃窗。真正的古蹟則是毗鄰在一旁的「宇土櫓」小天守。

這座古城和台灣的歷史有間接的關係，很值得玩味。

熊本城的建造者加藤清正是豐臣秀吉手下大將，他不但協助秀吉平定日本，更在兩次侵略朝鮮的戰爭中擔任先鋒，最遠攻到鴨綠江邊的咸鏡道，也在蔚山死守城池十餘日，撐過朝鮮七年戰事中最慘烈的一役。清正為日軍立功極多，被視為日本軍國主義原型人物，也最為韓人所痛恨。

加藤清正是築城高手，日本幾座重要的古城都有他參與的痕跡。他晚年以蔚山圍城的經驗設計熊本城，打造出日本數一數二的巨大要塞。整座城池週長九公里，總面積九十八萬平方公尺，等於四座中正紀念堂的總和。清朝台北城的面積約為一百四十萬平方公尺，但城中包含街市和廟宇，熊本城則是純粹的政治中心與軍事要塞。本丸設有三座天守，全城建有四十九座櫓、十八道櫓門（築有望樓的城門）和二十九座陽春城門，並鑿井百餘口以備圍城之需。

城郭巧妙地配合茶臼山的地形，蜿蜒間關，層疊壘進。最具特色的是寬高長大的牆垣，呈半弧形緩慢向外擴張，兼具雄壯的氣勢與流麗的美感。這種被稱為「扇勾配」的設計更有作戰上的實用功能，一方面不利架梯，且在視覺上對攀爬者造成極大的心理壓迫。根據概略的估計，光是本丸的牆垣就使用了十五萬塊石頭。竹之丸南側的長牆，寬達二百五十三公尺，是日本城郭中之最。

熊本城建得固若金湯，但落成後日本進入承平二百餘年的江戶時代，未曾經歷兵燹，直到一八七七年西南戰爭才頭一次發揮要塞功能，擋住了由西鄉隆盛所率領，素以善戰著稱的薩摩軍之攻擊，再次名揚天下。

明治維新時廢除武士階級，改稱士族，並以徵兵制度建立直屬於天皇的軍隊。一連串斷髮廢刀、階級平等的政策使舊武士賴以生存的精神價值和經濟基礎完全崩潰。他們喪失了尊貴地位與特權，也不再有固定的奉祿，生活陷入苦境。廣大士族的落魄形成嚴重的社會問題。他們或迫於生計，或無法切斷與舊時代的連結，集體醞釀著強大的反撲情緒。

這時出現一種論調，認為征伐海外，可以恢復士族的尊嚴自信，同時解決失業問題，更能讓國內各藩團結一致。其中，出身薩摩（鹿兒島）的維新元勛西鄉隆盛主張「爭韓論」，但在內閣會議遭到否決，因而下野，這使得士族不滿的情緒更為高漲。

以外事轉移內部問題向來是政客的萬靈丹，維新政府為了安撫士族，在一八七四年發動牡丹社事件，任命隆盛之弟西鄉從道為總大將，率領摻雜若干失業士族的三千六百名官兵入侵台灣。最後雖然取得外交上的重大勝利，但並未能成功擴張海外領土，日軍也因水土不服而病亡慘重，士族問題更沒有因此獲得解決。

一八七七年一月薩摩士族們終究抑止不住沸騰的積怨，在西鄉隆盛統帥下以「上京質問政府」與「清君側」的名義，穿上了政府軍的制服北向出兵。

他們所遇到的第一道關卡，就是陸軍熊本鎮台所在的熊本城。這座由征韓前輩加藤清正所建的天下名城，唯一也最重要的一場戰役，卻是抵擋征韓論者西鄉隆盛與末代武士們在歷史上的告別演出。

起初薩軍氣勢如虹，然而畢竟倉促集結，更低估了政府軍的實力。四千名政府軍倚仗著熊本城抵抗一萬四千薩軍，死守五十四日後終於等到大軍來援，在城北郊外的田原坂給予薩軍致命打擊。

值得一提的是，在熊本城包圍戰中，政府軍打出了幾位傑出將領，其中包括參謀長樺山資紀中佐和參謀兒玉源太郎少佐。另外，援軍中有一位小倉十四連隊連隊長乃木希典少佐，以及名古屋鎮台步兵第六連隊長佐久間左馬太中佐也都曾與薩軍爆發激戰。對台灣史略有認識的人看到這幾個名字必不陌生，他們正是第一、三、四、五任台灣總督。他們擊敗薩軍，卻繼承了西鄉隆盛的海外之志，日後分別在日俄戰爭與乙未征台之役大展身手。

熊本城抵住了不平士族的反撲，武士時代從此一去不返。日本維新之道上不復再有巨大的社會結構性阻礙，得以傾其全力謀求富國強兵，反而為日後的軍國主義和侵略武力打下堅實的基礎。

在薩軍合圍前夕，熊本城大小天守忽然被一場無名火所吞噬。一般相信這是熊本鎮台司令長官谷干城少將為了激勵將士們背水一戰的決心，同時破壞舊武士的精神象徵，故而自行引火毀去。以是熊本城三座天守，只有獨立開來的「宇土櫓」倖免於難，保存至今。

在日本參觀古城登臨天守，遊客們總是如潮水般來去，無一刻安靜。但在熊本城，人們卻多只對復原的大小天守感興趣，鮮少有人多走兩步來看看宇土櫓這真正的古蹟。其主構造內，深褐色的木造構件在歷經四百年人們的撫摸踩踏下曖曖柔亮，強烈的陽光穿過小小的櫺窗四處散射，到內室裡只餘一片幽微。

這裡是真正的歷史空間。我曾在其中一個房間內獨坐良久，思忖著，加藤清正雖在朝鮮戰爭中立下不世之功，畢竟侵人之國，鬧得村村著火樹樹冒煙，也累得無數子弟兵憾死異域。這樣的加藤清正，是否曾一個人在此沉思？

而年輕的軍官樺山資紀和兒玉源太郎，為了帝國的維新前途死守這座城池以抗薩軍的破竹之勢。當大小天守餘燼未熄，城外砲火喧天之際，他們是否也曾在這裡沉思？

熊本城的石垣在這次地震中崩垮了不少，大小天守和宇土櫓也受到程度不等的損壞，幸而結構看似無損。熊本城早已成為當地人的精神象徵，甚至有該縣出身的電視臺記者在連線時幾乎落淚。官方評估整體修復恐怕需要十年，甚至二十年之久。

參照三一一地震後日本人修復仙台城的經驗，他們先測繪每一塊石頭的形狀與苔蘚等特徵並加以編號，然後根據老照片將每顆重達五百公斤到一噸的石頭像拼圖一般拼回去。光是六十公尺的崩壞石牆就花了三年半修復。以熊本城的重要性，將來一定會獲得最妥善的修繕。

古蹟與歷史的保存從來不易。從這裡，我們不僅看見日本對古蹟珍而重之的態度，同時我們也看見了，古蹟能夠在人們的精神上發揮多大的支持力量。

——節錄並改寫自〈日本的古城〉一文

原載於《滄海月明》（印刻，二〇一〇年十月）

一場向金魚跪拜以求生的戰爭

——關於我的小說裡的二戰兩三事

吳明益

＊本文是為東華大學《人社東華》第六期「二次世界大戰終戰七十年紀念專刊」所寫

二〇〇三年左右，我開始有了寫作一本長篇小說的念頭，這本長篇小說寫的是陷入某種睡眠情境的「我」，在夢境與現實之間，經驗了父親「三郎」在二次大戰末期，被徵為少年工，到日本高座海軍工廠製造戰鬥機的故事。這故事跟「現實歷史」黏附得太過緊密，以至於有很長的時間我陷入了另一個現實的憂鬱。

我閱讀史料，甚至兩度到日本旅行，去到當年的高座海軍工廠、厚木海軍飛行場。在那個名為「高座」的小鎮裡，一路問人才找到「台灣少年工慰靈紀念碑」，那是日本人籌款為當時在轟炸中死亡的台灣少年工所立的碑。

我把碑文拍下來，並且把它抄在我的筆記本上，其中有幾句話是：「八千多名十三歲至二十歲的台灣少年以海軍工員的身分，遠離故鄉，……夢想回鄉重踏故土與親人再會，最後卻斃於病床，或死於爆擊，在異鄉散華只餘遺骨返鄉的少年們，十八年後的今天又增添新淚。願此等靈魂獲得安息，求其冥福，祈求世界和平，不再有這樣悲慘事發生，故立此碑。」

也許我來的前幾日恰好有人來祭拜過，因此碑前的花瓶還插有花，杯裡也倒有啤酒，還淹死了一隻甲蟲，旁邊並且放著一百円的銅板。

站在碑前時，我很快體認到，那並沒有辦法支持我寫出一本小說。因為我並沒有真正進入那個時間的靈魂內裡，我所體會的，「三郎」十三歲到異地製造戰爭機器的心境，跟我所知道的一隻鴿子的飛行原理，膚淺程度相差無幾。

這個焦慮在兩個意象浮現之後，「現實」那頭的史料爬梳才出現力量。其中一個便是我採用了「觀世音」的觀點來寫作，另一個是食蛇龜「石頭」的故事。透過這兩個「角色」，我終於獲得敘事的「乩身」，得以如夢地短暫進入某個時代情境裡。

當時我捨棄了不少寫作材料，卻也意外地編織了一些我原本不相信的「運命」（就像我在《單車失竊記》裡提到的，「運」擺在「命」前面）。我發現三島由紀夫（平岡公威）曾在昭和二十年（一九四五年）寫給川端康成的書信裡提到自己參加「勤勞動員」，住在「神奈川縣，高座郡，大和局高座廠，第五員工宿舍」裡，這正是小說裡的「三郎」所在的廠區。

加上平岡提到黃昏時曾為台灣來的少年工說故事，並且用飛機的機油炒菜給他們吃，讓我也不禁想像，那時也在同一營區的我的「三郎」，會不會也吃過平岡公威炒的菜，聽過他講的故事呢？

也是少年工的我父親如果見過年輕時的三島由紀夫（甚至聽過他講故事），這點我光想就像身為蠟燭被點上火一樣，覺得「運命」的神祕性。

經過七年之後，我動筆寫下另一本小說──《單車失竊記》，這本書的寫作動機來自一位《睡眠的航線》讀者的來信。他（或她）問我，小說最後，三郎將腳踏車停在中山堂前，隔天即告失蹤。但「他騎的那輛腳踏車」呢？那輛他（她）認為極其具有象徵意義的腳踏車，到哪裡去了？

坦白說，在收到這封信之前，我根本不記得寫了那輛腳踏車呢。我回信給對方，說如果我還繼續寫作，有一天我會寫出一本小說，告訴他（或她）腳踏車到哪裡去了。

讀著這封信，我不禁想起當年為了寫作《睡眠的航線》，漫步在高座、大和附近的情形。不知道為什麼，我總覺得在那樣沒有遊客的城鎮裡的漫步經驗，讓我漸漸接近了什麼。某天我走到一處靜謐、幽深的森林前面，入口有一個小小的牌子標識著「野鳥の森」，旁邊停了一輛年代久遠的腳踏車，就好像它的主人進去了森林之後，再也沒有出來取走它似的。

我想，也許在那一刻，小說就已經開始了。

有很長的一段時間我開始對老鐵馬產生興趣與情感，我開始購買老鐵馬的零件、琺瑯商標，到後來成了一個在街上尋找老鐵馬的人。不過直到小說動筆以前，我都沒有想到過，小說竟然會「再回到那場戰爭裡」。

腳踏車運用在戰爭裡，最早可能在一八七五年，義大利人運用腳踏車在戰場上作為傳遞訊息之用。而世界上最知名的腳踏車部隊就是瑞士的山岳腳踏車旅。二戰時也有不少國家組織成腳踏車部隊，在一本名為《戰爭中的腳踏車》（Jim Fitzpatrick, *The Bicycle in Wartime: An Illustrated History*, Star Hill Studio, 2011）的書裡，我讀到一支日本發動太平洋戰爭時的重要部隊（或者應該說是作戰方式才對）——銀輪部隊。

這世界上，似乎沒有什麼發明物不會被運用在戰爭裡。戰爭是一種吞噬人類創造性技術的漩渦，戰爭也似乎是一種激發人類傷害人類創造性技術的子宮。當時日軍一位參謀官辻政信，奉命研究叢林戰法，因此在台灣這個多山、多河流的島嶼，為這支銀輪部隊進行過長程騎行的演練。

對一個小說作者來說，這就像有人遞給你一把陌生的鑰匙，而你似乎直覺到它將開啟什麼？那被開啟的或許不屬於學術上的，而是屬於人性裡的某處隱匿的空間。

隨著閱讀、訪談，我漸漸隨著腳踏車踏進一處又一處陌生的虛構森林，在這個追尋過程裡，我曾因為一本書而幾乎帶著故事走向另一個方向。那便是小俣行男的《日本隨軍記者見聞錄——太平洋戰爭》（沈曉萌譯，初版，北京：世界知識出版社出版，一九八八年；原書名《續・侵略——太平洋從軍記者的證言》，德間書店出版」）。

在這本書裡有一個小小的段落讓我幾乎決定小說的人物全盤更改，那就是小俣提到太平洋戰爭開始以後，日本徵召了一些作家到各地戰場，以便進行戰爭宣傳報導。詩人高見順、小說家尾崎士郎被陸軍徵用，以《蒼氓》獲第一屆芥川獎的小說家石川達三則被海軍徵用，日後寫出了對戰爭態度完全不同的作品（先是以文學家的悲憫反省了這場戰爭，卻因書被捕入獄，出獄後，寫作上竟有了完全不同的轉向）。我想，戰爭對這些作家，絕對是一場心靈的大轟炸。

高見順先後到了緬甸與中國戰場，在得知日本無條件投降的時候，他彷彿鬆了一口氣寫道：「終於結束了」。當我讀到他在《敗戰日記》裡寫道：「戰爭是人類的疾病，戰後不論戰勝國還是戰敗國，人類再也無法重建美好的世界」；「如果你吃薤的鱗莖，或者向金魚跪拜，或許就能躲過炸彈」時，我想像著這樣一個人是怎麼看待自己的國家成為戰爭之罪的核心，又是怎麼看到自己成為戰爭裡「罪」的其中一員。

而小俣在書裡，曾側寫了一段高見順在緬甸，與一名緬甸女子幽會的場景：「可不知怎麼我被帶到了一個像日本寺院的走廊一樣的地方，那女人在那兒鋪上一張像薦子那樣的東西。月光照進來，那個女人的臉顯得非常蒼白。回來時，高見先生說：『有一股怪味直衝鼻子。』緬甸女人把一種很像茉莉花的『尼姬蒡』花直接擦在肌膚上。法國香水就是這種花的浸出物精製而成的。這裡的女人把花的浸出物塗在身上，汗味和花粉味混合在一起，散發出一種強烈的氣味……」（小俣行男，1988:162）對我來說也像是一部小說的迷離入口。

然而，我終究放棄了這一段，這一段在我的小說之外。它應該是屬於另一本小說的場景，另一部我還沒能體會到的，在面臨死亡、殺戮與恨意時，身體裡仍然飢渴的情慾。

對我這樣一個沒有真正經歷過戰爭的作者來說，描寫戰爭究竟意義何在？我至今仍然不清楚，但當我走進自己的小說裡的時候，我清楚地感覺到，在每一場「向金魚跪拜」以求生的戰爭裡，沒有真正的義舉。正如我在《反抗的畫筆》（*Un oeil sur le monde*，尚－克里斯多夫．維克托〔Jean-Christophe Victor〕著，時報出版）裡看到的一段話：「戰爭是由一群相互認識的人所決定，而且這些人的生命並不會受到任何威脅；但實際處在戰場上的卻是無數相互不認識的士兵，而他們將在殘酷的戰火中成為砲灰。」（2014:44）那場戰爭看似遠離，但仍然透過上一代，以我們不知道的傷痛的遺傳模式，活存在我們身體裡的某處。只是多數人不知道而已。

而在寫小說時，我反覆拆解、組裝那些老鐵馬，那些還沒有在時間之河裡沒頂的鐵馬，我為它們清除泥沙、除鏽、上油。在某一刻，我直覺到有什麼在那個沒有作用的縫隙裡還存在著。

那關係到一部鐵馬的細微運作，一個人類心靈的細微運作。

——原載於《人社東華》第六期，二〇〇五年六月

像美女背過身去，跟你講話：終於清冷的日本語

盧慧心

二〇〇六年夏天我去學日語，我在大學時代只修過四個學分的「通識：日語」，程度粗淺，可是編班時大概出了一點差錯，日語教室的工作人員替我排了中級班的課，所以我的動詞變化大部分是當時坐我左邊、一個非常可愛的女同學教我的，她教我用一個好笑的口訣把動詞規則背下來。

台灣能收到許多日本資訊，平常看的電視節目也多半都是日製的，一旦摸出門道，學日語的途徑可說是五花八門，處處是道場。在家看A片自學的有心人也所在多有。我卻很留戀日語班大家志同道合的氣氛，還在網路上找到正在台灣學中文的日本人，交了日本朋友。所以說，去上日文課時就已經像是在旅行了！就這樣連續上了兩年日語課。

後來日本開放台灣人免簽，我利用這個機會到大阪遊學三個月，說是遊學，其實非常簡單，首先，在那邊找一個可以包月長住的平價旅館，然後，透過網路訂了三個月的日語課程。搭飛機過去。咻。三個月很快就過完了。

我選的是每天上午三小時的課，每週才上十五個小時，但要是你認真一點，上完課吃過中飯回旅館寫功課，大概要寫到天黑才能寫完。課室外的生活很愜意，寫完功課就一直吃零食，看電視的搞笑節目。週末到附近景點亂走，隨意去小店吃飯，天天都去超市買發泡酒喝（發泡酒不符合啤酒規格，不能標為啤酒，因此比啤酒便宜）。紅豆大福甜到一入口就感覺腦部某處遭電擊，是我熱愛的甜點。

回台後我立刻考過了日檢。

事過境遷，目前我的日語能力已經滑落到某個水平，然而語感和旅行的記憶一樣，並不容易遺忘。在大阪的日子正好落在秋天，去箕面瀑布看紅葉，一路往山上走，金碧輝煌的秋日陽光在眼前鋪展開來，山路途中有星星點點的喫茶處，旅人在茶席邊上挨次坐下，捧著茶點（雙色糯米團），紅葉迎風搖曳，榻榻米特有的草香暖暖，茶事完畢，又再往上，遇見野生的群猴跟著猴王過橋，人走在橋面上，猴群走在欄杆上，兩不相擾，當地遊客都是早起的先生太太，彼此細語：「猴王也出門賞紅葉哪。」

箕面瀑布煙氣繚繞，水聲震耳，絲緞般溜滑而下，空氣被攪動得厲害，光是呼吸便很痛快清涼，瀑布下溪底圓石歷歷可數。另一次看紅葉，是去貴船神社、鞍馬寺，神社建在水源地上，旅人都沿著溪流登山，下了電車大家不約而同都往山上去，彼此輕聲說笑讚嘆美景，走很長的路也不覺得疲倦。

日語其實非常的冷底，對日語越親近我就越明白，那種冷靜細微的感情都是日語本身就帶來的，日語是種有意識的省略。

教我如何在萬有裡面，確實地掌握一個沒有。

當然也有吵鬧興奮，譬如各種奇妙的吐槽，就是冷底日本語的熱炒作品。我在大阪三個月，深受關西人吸引。可是他們連吐槽都是制約拿捏在沒說出來的部分裡，台上的諧星與觀眾也是在一種共感裡玩遊戲。

美國籍同學「香」常抱怨日本人的笑點很奇怪，他的日語非常好，班別比我還高（一般歐美同學沒有我們的漢字底，很難進到上級）。我跟香一起看傑尼斯的電視演唱會，演唱會的橋段裡，堂本光一交給堂本剛一封信，堂本剛打開信，才讀了兩句，就忍不住開始掉淚，台下歌迷都心疼地喊起來：「不要哭！」、「加油！」

這時光一對他喊了一句：「ここかよ！」

觀眾立刻哄笑，連剛也破涕為笑。當我在電視機前嘎嘎大笑時，香轉過頭用一種看異族的眼光看我（對香來說我當然是異族無誤）。

香就是不懂哪裡好笑，他日語明明很好。

「ここか」的意思是「這裡嗎？」才念兩句你就在這裡哭起來了嗎？你重點在哪啊你？所以光一才會質問：「ここかよ！」

但藍眼美國人並不覺得好笑……我為香的前途憂心忡忡。

學會日語後，我能使用的日語反而大幅地減少，開口前猶疑再三，這種語言會隨著身處的場合與身分不斷地改變，一句敬語就能把關係遠遠拉開，很多人一起講話的場合就更難分出賓主。我甚至常摸不準大家在說哪個人，可是日本人、他們日本人、他們全、都、知、道。（當然啦人家是日本人嘛！）

曖昧自有曖昧的壞處，日本人也因此吃很多虧，曾流行一時的「俺俺詐欺」，就是隨機打電話給受害者，故意不報上姓名，卻說：「是我啦、是我啦！」然後開口借錢或探聽資訊，日本人在電話中無法打破砂鍋問到底，只能任人宰割。這招式要拿來騙台灣人恐怕較難得手。

日語的美與日本的美一樣，那麼矜持，一層層的躲藏。在華美之外，涼得像雪，有種邏輯暗合心意。那些輕俏短促的轉折，像美女背過身跟你講話，因為你應該懂，你不能不懂，她給了上句，你就該猜到下句，就這樣略而又略、略而又略。琢磨在一點點心領神會，於是你知道最後自己將被一種寂寞完全浸透。這預感究竟是什麼呢？就是學日語的報應吧。

——原載於《旅飯》，二〇一六年六月

阪堺電車的時間

伊格言

相較於許許多多熱愛去日本旅行的朋友們——不，或者對他們來說，那並非旅行，而更多是一種更為本能、直覺，幾乎深植於體內或某一曖昧記憶深處，甜蜜那樣的東西——那樣前往日本、在日本，蝸居，浪遊，一種或一百種生活。三天、一個禮拜的時間，更長或更短……相較於他們，日本，對我而言，像是一個全然的異地。

或者其實這麼說——於我，我所成長的地方，我已居住了二十年的此一城市，其實也同樣，是個異地。

不同於朋友們總在抵達日本時，快速鎖定目標，一如預期般專注，立刻為某種特定而亢奮的情緒所擄獲；我總保持全然敞開的感官和好奇。而這樣的不設防是必須付出代價的——有時令我突如其來吸入大量資訊，措手不及，因而迷亂困惑；有時卻又是涼風無謂流動著，什麼都沒等到，什麼也沒有。

當然，有時會「有」。於我，阪堺電車便是那般等到的。那年，我與一群朋友同往關西——關西，多麼應有盡有：漫長無盡頭時間中年年如期盛放的楓紅、交通輻臻點上星船總部般的複合巨城、和洋交融的童話港區。

那是關西，歷史的此端與彼端。

那是已然購物滿載的旅程的最後一天，大夥仍如此昂揚，彷彿每一天仍新得發亮，無限可能。時至到黃昏竟無人有一點倦怠，甚至沒有旅途將盡的傷感或感懷之類的情緒。當時，我們正在天王寺站，朋友們仍熱心翻閱著資料，彼此交換旅途中持續衍生的，永無止境的一落清單，規劃著還要更多、更多。我正放鬆自己四處張看，研究那些標語與廣告牌——如同多數台灣人，那些因漢字置入了日文脈絡而別有餘韻的標語和廣告牌。

而後我看到阪堺電車車站的指標。

晚上旅館見吧，我想到我要去的地方了。我說。

我聽說阪堺電車是非常古老、所剩無幾的大城市中的路面電車。事實上，我不是鐵道迷，不是城市歷史迷，但我感覺，無論是出於偶然或意外，「一塊彷彿自塵封歷史中突然浮現的歷史殘留破片」本身便具有儀式感。無論那是什麼，無論於我如何陌生，那個為某些人充滿敬意、秘密一般、固執守護且追尋著的，那樣的縱深，必定會為我的旅程填進存在感。

走出似乎可以連結到天涯海角的天王寺車站，轉了彎，街巷尺度瞬間改變，來往人們的裝束、表情、步調，不再相同。明明是順著指標的連續性移動，卻像翻過一堵牆，牆的彼邊，是個並不打算將我包含進去的世界。

旅遊節目浮誇宣傳的所謂百年電車線，月台就在民宅與民宅之間，低矮、樸實；是那種顯然就連作為起站也自認毫不值得宣揚的低調，幾乎就像個特殊造型的社區公園。學生們背著書包，太太們提著菜籃購物袋，上班族鬆開領帶，原本嚴謹噤聲的手機，此刻也出現了些輕鬆的遊戲得分的歡慶音效。老先生老太太們空著手，臉上掛著未免過度安詳的微笑。

我想我當時並不真有太觀光客的突兀的打扮或舉動；但依舊本能感到被識破的慌張。仔細思索，許是因為，那列電車，車廂中每一個乍看毫無關係的人，全都精確地鑲嵌在同一個，甚至是「唯一一個」故事裡。所謂「日常感」，並不是表面上看來那麼輕鬆的字眼，它真正的意思可能是「環形」。一無止盡之環。換言之，登上這列電車，是進入一個世界，但我作為一個外來的旅人，卻不擁有可在任何段落與場景接上它的條件。

然而，車上沒有人多看我一眼。他們並不交談，卻有著超出默契的和諧。我既不被納入，亦不被排除，彷彿我是較此刻的世界高或低一個維度那樣，一個概念性的存在。我突然想起這些天來總是無法同朋友們那般入戲，總是在旅程某處被卡住、暫停的情況。這兩種感覺是一樣的嗎？彷彿此刻是一個意義更為清晰的隱喻；又像是前些日子是此刻的一場預演。

電車駛出窄隘包裹的市街，即將抵達下站之前，如同邊界的轉換、脫落，視野忽然打開，眼前，是一全片幅寬螢幕，乾燥而漠然的公路。

負載著故事（即使是一個不願將我納入的故事）的單一一節車廂顯得微弱，即將進入一處會剝除一切個性和願望的地方。暖綠色車體內，維持著同一款式溫馨與平靜感的乘客，彷彿已知曉命運，那麼篤定。電車車廂繼續作為一幢幽閉、凍結、永恆的時間。

電車靠站，我倉皇下車。除我之外無人上車亦無人下車。即將到來的灰色公路在視野中很近的前方。電車慢慢駛遠，有份莫名所以的堅決或不在乎。又或者，它更高地已含括了彼個灰淡的遠方與未來。一切都將成為故事的一部分。成為電車的一部分。

天色已暗，我在陌生的月台上，藉由被一輛百年電車所遺落，微妙地，拓樸學一般地，進入了這整個城市的某一部分。

日暮日暮里

言叔夏

日暮來到日暮里，黃昏失去了大半。纖維街上的人潮稀落，已不是幾年前初訪此地的喧囂了。日暮的人行道上堆疊著被捨棄丟掉的布疋，剪得破碎凌亂。早年的東京女子都到這裡剪裁布衣。而今身光微暗，樂聲不起，日暮里只是京成線進東京才路過的地名了。我想起多年前某個友人寄給我的明信片，署地正是日暮里。是轉車之際在站前的郵筒偶然投遞的信箋了罷。明信片上的字跡有著矯飾的嘻鬧，一如她平常會做的那樣。只有地名是誠實的。也許就連那樣的表演也是一種誠實。多年以後我與她遂不再見面，不是一種阻斷，只是來到了末梢。

你好嗎。這裡的黃昏像河。日暮極美。

而今我終於抵達日暮里。也能理解那理由。因為日暮里的日暮極其平淡，像東京城裡的任何一個地方。我從南千住的旅館搭兩站電車到這裡，僅只是散步而已。東京的最後幾天，無處可去。白日在賃居的市郊旅館醒來時，窗下就是墓園。墓園裡的墓碑一座座往下俯瞰，幾乎是島。南千住的街道空寂得宛如末日，連人也沒有。有時我會疑惑，自己究竟身在什麼樣的時間裡？每天我下樓，越過旅館櫃檯到對街的便利商店去，捧回食物與酒水。飛過了一千三百三十英里抵達東京都，我仍在這個國家的某個邊郊過著穴居的生活，一如台北。有時我簡直要懷疑我所擁有的其實並不是一個旅行，而是一種背負在身上的磁場。簡直我只是將一個房間空降在一處我所不認識的地方，然後我打開門偶爾出去和那些面孔五官稍異之人類挨撈再迅速退回，退回這切割精準宛如抽屜抑或小匣之房間。我平躺在這軟墊臥鋪的狹長格子，宛如魍魎。

台北是遙遠的幻像。而東京也極不真實。夏日午後的陽光使景物晃蕩起來，公車站，地下鐵，街道，櫥窗，腳踏車與居酒屋。

陽界事物。

心裡浮現這樣的聲音，我才理解自己原來是鬼魂。

◆

鬼魂飄盪，宛若白日夜遊，一日行將終結。日復尋常的一日，和任何的昨天都沒有差別。和昨天在哪裡也一樣沒有差別。日暮從日暮里轉車，比想像中陳舊一些的綠色電車，長而又長的月台，警鈴聲，月台上的小賣亭微微顫抖，電車轟隆轟隆駛進，轟隆轟隆駛出。月台盡頭穿薄風衣的善男女子，莫不是九〇年代初在衛視中文台照面的黝黑織田裕二與大塹肩鈴木保奈美？

電車駛動，他們會去那已經結束的日劇以外的哪裡生活？

荒川日落，有河淙淙，這班車開往北千住，那裡會是松子日夜凝視的河岸嗎。

電車上的一個女人蹙眉看我。我很少看到電車上的日本人這樣看人。他們多半低頭滑動手機螢幕，有人耽睡，有人讀書。起初我微微閃避著那女人投射過來的視線，但後來我忽然變得非常想知道她看我的理由。我會是她所認識的某人嗎？

女人不知在哪一站下車。像電車河流裡終於四散流溢的石頭，被沖刷到城市邊境的巷道裡。

黃昏時終於抵達北千住。電車轉乘巴士，人河有信，彷彿有神在側。我沿著荒川河旁的街道廓轄行走，幾乎迷失在地圖上沒有的摺痕裡。這裡比起東京的下町更下町。城市的下水道，匯集著許多混雜的氣味，忽而惡臭非常，忽而道長路短。那麼，又會是什麼在使我不斷傾斜環繞並且總是回到道路正確的他方？會是神嗎？還是那沿途不斷綻開的漢字？彷彿皮肉分離地讓意義與詞彙裂散。那些漢字象形排組圍繞星群一樣，像極了一種抒情的公式比方北斗七星的斗杓乘以六，在小巷的盡頭攀上河堤，整片整片的天空就傾塌了下來，東京城裡若有神在，必定凌駕在這河面闊綽的波光之上。

中島哲也零六年的電影，最終的落腳之處。令人討厭的松子姑姑。秋日裡最紫最紅的天空，只存在靈光盡皆消逝的年代。數位攝影機才拍得出的那種神的顏色。電影文本在此戛然而止，彷彿神啟突然。松子問：「なぜ？」一問得四面八方都只聽得見自己的聲響。她愛過的男人最後都不愛她。白雪公主與黑天鵝。流徙輾轉，她索性在荒川邊的破爛公寓住下來了。

死前最後看到的是河岸上秋日裡滿天的星空。不斷旋轉。像童年妹妹床邊的晶亮摺紙。輕輕一碰就會旋轉起來。滿天滿天的星星掉落下來。姊姊。請你不要離開我。我會做一個很好的妹妹。幾次在南千住狹長的單人旅館裡醒來，分不清夢裡究竟是影像還是現實；是我的妹妹，抑或者只是電影裡一個女主角的妹妹？大河潺潺，這是另一個國家，還是僅僅是我夢裡所見的他方？

而夏天終於又要全部過完。包括旅行，還有那些光裡強烈反白曝光的景色。像一種極簡的線條，彷彿森山鏡頭下的道路，相紙的鏡頭總有光的結界：再擦拭一點，請再多擦拭一點；讓線消失，讓光大片大片地攻城與略地，讓持攝影機的人什麼都可以不再想起。生活在他方。如果河中有神，祂會不會使我終於生活在我城？

想起零六年在河堤公寓裡和W邊用大陸種子看完了這部片，看得兩人都哭了起來。那時落地窗外的陽台還是緩緩流動的景美溪。黃昏一來，便有了通紫通紅的天空。我也有那樣一條日日眺望的河，可以看得雙眼枯竭，心舌乾荒。還有那些獨居的日子。孤獨的236公車。最末最末一班，凌晨一時三十五分將我由已然熄滅的城區遣返回河旁。暗夜行路，我還有一條河可以依傍。

——原載於《白馬走過天亮》（九歌，二〇一三年六月）

抛夫棄子，無所事事，像我們這樣的後中年旅行啊……

劉叔慧

人妻人母的逃家差不多像搞革命，要醞釀，要時間，要組織也需要運氣，而且不一定成功。

雖然很早就確定自己想當母親，但從來不是愛小孩那路貨，我只愛自己的孩子，也驚訝於這份前所未有的感情體會，能夠多大幅度的改變自己的生活方式。我從軸心變成圓周，密密護衛著初生的孩兒。

兒子一歲半那年，飛往峇里島Ritz Carlton，還存著一點要如常度日、飲宴、旅行的想頭。機票買來的時空移置只換得少許心靈安慰。推著推車打算在Padi中庭餐廳吃頓晚餐，餐廳宛在水中央，滿植雪白蓮花如墜落星辰，和桌上的燭光互映互輝，才點完餐，孩子就無預警地大哭，不依不饒。座旁一對白膚金髮的戀侶正攜手喁喁談心，幼兒哭聲力拔山河，我們只能尷尬又狼狽的逃離現場。

兒子三歲時再度挑戰京都。古都，無一處不溫靜生香，祇園悄悄，鴨川上納涼座暑夏風致，每個神社都有側耳靜聆心願的神祇，小孩的嚎啕哭聲卻令神明也要掩耳。他累了，走遍古寺神社，到了第三天的清水寺入口終於放聲痛哭，不走了，三歲的孩子看到橘紅的鳥居就知道又是一個沉悶的廟宇。京都是大人的滋味，大人的古都。幼獸不宜。

二年坂上買抹茶冰淇淋安慰哭泣的幼子，心裡暗暗發願，我需要逃遁，我需要完全大人的獨自旅行。決志的種子在心底蓄養著，像培養著一個革命小組織，必須在對的時間才能揭竿而起。

年輕時的旅行是歎世界，到了我們這樣的後中年啊……

十年。終於能夠斷捨離，回歸初心的旅途。六個年紀加起來數百歲的長青團於焉出發，我們渴望真正的避世離群，無需招呼幼齡兒女的身心需求，也無需負擔戀人絮語的聊天額度，任何一種感情形式都需要經營，真心或假意，總是世故，總是累。年輕時的旅行是歎世界，主客清楚，旅行的享樂裡還是有著功利性質，長見識增異聞，圖求對未來生涯有些感官和知識上的具體貢獻。可是到了我們這樣的後中年啊，旅行只是一個單獨的句點，沒有前言也不必後語。我們在這句點裡完全的放空和淡定。沒有什麼能招惹我們，若無其事的遊蕩。

文叔文嬸的奢華之旅，我們選擇往北陸而去，新幹線尚未開通啟用，相對於其他區域，北陸猶保有一點不夠方便帶來的舒適——交通方便通常是摧毀絕美絕境的最佳武器。僻遠少人煙。我們挑選了三間頂級溫泉旅館：雅樂俱、滔滔庵、無何有，分得雅、趣、境三種不同的氛圍和享受，皆是房間數在二十間以下的精雅名所，唯有人少，照顧才能周到熨貼，且不流俗，大飯店那種標準化服務不在考慮之列。

神通川邊的雪白建築，雅樂俱像一座美術館，每個角落都是藝術——石雕，陶藝，畫作，不張揚卻處處用心。挑高的大廳闃無一人，連服務人員亦如鬼神出沒，忽焉在前送上咖啡茶水，忽焉在後遞上熱毛巾。坐在大廳觀景窗前稍憩，眼前是湯湯的神通川，遠處雪山茫茫，身後的壁爐火光倒映在玻璃窗上，火焰漫燒，鐵橋雪原，人在其中又似乎不在。客人也變成藝術品，隨處生色。最好的服務是這樣的，不是跟前跟後的貼身詢問，而是隱沒不見，卻在你的一個眼色，一個動作就察知需求，馬上快步出現解決問題。

創立八百多年的荒屋滔滔庵是另一種情趣，老店，原湯老泉，一切都是有來歷的，魯山人待過的痕跡，書法，包括上了年紀的女中，親切熟練的關照大家進門，問候，彎腰，你同時感到時間的沉穩和輕快，穩立百年的滔滔庵看慣世故，輕快的是過客，我們在此周轉一個安靜的片刻，竹林微風，泉聲淺淺。穿過祕密通道即是石代溫泉街，街面上就像千尋誤入的魔女之城，寥落食肆，看不到招呼的人，只供應簡單的丼飯和冰淇淋。隨意擇席坐下，整個下午只看到另一對日本老太太，白髮齊整梳理，悠散而來，相對坐吃冰淇淋，我們議論起這樣的姐妹情趣，暮年相偕散策吃一杯冰淇淋之必要。

我們不訪求景點，也不刻意要有什麼節目，隨意而至，穿著浴衣趿著木屐，寫意地吃一頓金澤的和風料理，新鮮鰤魚和香箱蟹，暖胃的茶泡飯，細細地吃，胃也吃緊了。看會兒書，喝口茶，湯屋裡沒人，明明這是滿訂的旅館，卻幾乎沒有見著別的客人，連湯池裡也是自己人，泡得周身發暖便在外間的涼蓆上稍坐，喝冰水聊天。

既平常又如此不尋常的奢華遊蕩，恰在無何有劃下句點。竹山聖加上原研哉，打造了一個極簡的禪意空間，老莊的空無求諸日本才得神氣。細膩純白的清水模，沒有多餘的裝飾，大開口的窗景即是一切，虛室生白，被庭園環繞的無何有低低的，似乎低到塵埃裡去，卻又生出無比的開闊。

靜養出來的無所事事，就是後中年旅行的核心目的。全程最嚴肅的討論話題就是給這三處住所排列名次，沒著意買東西，吃住都在旅館裡，力氣放空地享受一小段沒有俗務的時光。

革命只容許七天的階段性成功，終竟還得踏上歸途。

台日之間的航程短得不像話，甚至無法在飛航時間做足收心操。跟留守家中的人夫約定好，除非天災人禍事態緊急，不然放空期間不許來電不許傳訊，兒子們據說天天質問母親何時歸來，即使做好充足的行前說明會，曉以母親亦有獨自旅行休息之大義。孩子們仍在久別相見後哭喊著，以後再也不許自己出門，去哪裡都得要一家四口同去同回。看來，得等到人子羽翼長成，轉換立場，讓他們來革父母難分難捨難放心的命。

飛機落地，彷若餘雪仍在遠方，旅途中完全沒有思念人夫人子或台灣，歸途上卻已開始想念輕盈飛翔的自己，無盡無邊的扯淡日子，殘冬冷茶，閒坐竟日，若無其事又事事在心上。

——原載於《旅飯》，二〇一五年十二月

帶你媽去京都玩，有時還有阿姨

李屏瑤

先分享壓箱妙計：旅行途中如果激怒了妳的母親，別怕，只要拿出手機或是相機，鏡頭一對上，她就會對妳燦笑。要拍好，不可手抖，記得喊一、二、三（到底是三之後才拍，還是三的瞬間就按下去，關乎妳們的默契）。記得選出合適的濾鏡調色，記得在每個重要景點多拍幾張，記得選出她看起來比較瘦的照片。只要讓她願意傳上臉書，為人子女今日的任務，就又圓滿了一點點。

決定帶媽媽和阿姨去京都自助之前，我自以為做好萬全準備，縝密的旅途規劃，交通路程的沙盤推演，甚至拉出一個只有我們三人的line群組，方便隨時討論，而最重要的，當然是心理準備。我們在年初商議旅行時間，確定十月底前往京都七天六夜，搶在三月，我便一口氣訂好機票跟住宿。十月初找齊媽媽跟阿姨，帶著筆電，我向她們做了一次行程提案。將預計前往的景點，例如清水寺、伏見稻荷大社、嵐山等地，附上清楚的照片作參考（因為她們心中想到的畫面，可能跟妳所想的不一樣），預計前往的幾間咖啡店與美食，加上之前媽媽阿姨要求的大阪與神戶，將每天的行程大致說明。她們在看偶像劇的空檔抽空對我點頭，稱沒問題。儘管如此，在旅行前的某日，與表姐一同走向捷運站的路途中，她幽幽地對我說：「妳真的好勇敢喔。」

我第一次出國是四歲，與媽媽、外公、外婆跟團赴泰國，去了曼谷跟蘇美島的樣子，彼時年紀太小，對這趟旅行殘存的唯一印象是，好熱。每張照片我都眉頭深鎖，瞇著眼睛看著過度刺眼的光線，手上握著的不是整顆椰子就是可口可樂。回程的飛行遇上非常強烈的亂流，據說連餐盤都撞上機艙的天花板，我對此毫無印象，外公則再也不願意坐飛機。大概整個台灣的子女都一樣，青少年時期在無限循環的大小考試中度過，考生的身分永遠揮之不去，上大學緊接出社會，工作是翻來覆去的鬼打牆砂漏，忙著忙著又是一年過去。國內旅行不算的話，感覺上我已經很久、很久沒有跟媽媽一起出國了。

不包括這趟旅行，她們應該已經去過五次或六次日本，說起來好像對日本很熟悉，但大半去的都是東京，外加一次沖繩（坐郵輪的附加行程），一次在她印象中幾乎不存在的大阪。直到這次我們去了大阪城，走到天守閣腳下，我媽才恍然大悟，發現自己曾經來過。如同許多長輩的選擇，她們之前的旅行都是跟團，團員組成多半是家中親朋好友，在上車睡覺唱歌、下車買藥看廟的晃蕩中，眾多景點的名稱與長相，點與點之間的相對位置，就這樣慢慢地被晃成了一片模糊的記憶。對於首次的自助旅行，她們充滿期待，最擔心的事情是行李超重，還有走不動。於是平時不太運動的家母，在出發前幾個月，特地晨起騎車練腳力，我也回家陪騎了幾趟。

旅行消息一出，她們的朋友凡見到關西報導，便熱心傳訊息來告知。其中不乏內容農場類型的文章，京都必去、必吃、必買不在話下，前十大（或前二十）景點跟甜點推薦也會反覆收到。其中最可怕的，最讓人在午夜夢迴驚出一身冷汗的，當然是代買訊息，通常會附上一張翻拍自不知名網頁的低解析度照片，說它是一瓶藥嗎？也有可能是一罐糖，看久了也可能是稿紙或是綠豆糕啊。行前就開好的line群組派上用場：我教她們要以自助為理由，舟車勞頓，回絕那些藥妝或者稀奇古怪的代購（其中竟然有防塵蟎貼片以及小兒鼻涕抽取器）。

我前年去過關西自助旅行，京都大阪共待十一天，換過三種住宿，分別是商務旅館、傳統町家、以及公寓式民宿。這次帶著媽媽阿姨，為求保險起見，選的是連鎖商旅的四条分店。有難得的三人房外，此處地理位置良好，前往各個景點都方便，門口有公車站牌，附近還有二十四小時超商跟好幾間便利商店。

掌握帶媽媽自助旅行的關鍵，一要先掌握長輩的胃。我媽是咖啡人，早餐必須有咖啡外，如果每天還有下午茶，就會是大大加分。為免天天吃相同飲食會生膩，我一開始就沒有加訂餐券，而是鎖定幾間供應早餐的咖啡店。例如從住宿處步行可達的進進堂四条烏丸店，騎腳踏車沿鴨川而上的星巴克三条大橋店，還有離開京都前一天，她們想將步行量降到最低，一出飯店就坐計程車直奔的INODA COFFEE本店。早上解決了，仍有下午，我購入最新版本的京都咖啡指南，找出行程沿途的店家，作為歇腳的口袋名單。此外，也要記得在身上攜帶糖果和小零嘴，如果因故未能準時用餐，或者感覺疲憊，不忘隨時補充能量。

至於第二點，可能是wi-fi。我事先租借了速度快且吃到飽的無限分享器，讓她們享受無縫接軌的台日連線，當我在關空排隊買ICOCA & HARUKA和嵐山小火車等票券時，她們可以一邊上網一邊悠哉地等。不過壞處是，她們就會不斷刷手機。連坐在天龍寺曹源池庭園前都不忘低頭（因為剛剛拍了好多照片，立刻很有效率地查看，並傳給朋友），嵐山小火車過隧道的空檔，或是景色感覺開始重複了，這些都是刷手機的好時間。我幾乎要帶著哭腔要她們看看外面的世界，小的時候媽媽叫妳不要看電視，長大之後，妳只想叫媽媽不要一直玩手機。

第三點，也可能是最重要的一點，那就是永遠要讓長輩們知道，現在哪裡有廁所，還有下個廁所在哪裡。

行前做過太多有用無用的準備，雖然在這次出國前，已經一同完成過多次國內的旅行，帶媽媽出國自助的焦慮感還是排山倒海而來，所以我買了新包包，一個容量極大又可以登機的方型包。事後證明這真是很好的紓壓選擇，那個後背包伴我走過心齋橋地獄，雖然裝了滿滿的藥妝（都不是我的），但我的手是空的，可以排開眼前的滾滾人潮。

說到心齋橋，因為有個阿姨剛從大阪返回，在她的推薦下，此地早早就列入家母心中的必逛名單。從早晨大暴走的大阪城離開，我們坐計程車前去大丸百貨吃HARBS千層派，走出百貨，我說這裡就是了。她們頓住了數秒，然後媽媽問我：「橋呢？」原來在她們的心中，心齋橋是一座橋，上面都是藥妝。

每晚回飯店後，我都會跟她們確認隔日的行程，提醒氣溫跟天氣，提醒可能需要走多少的路，自己也會再度確定各景點的開放時間。儘管如此，大概在第四天，媽媽還是因為走得太累而有點爆炸。我要呼籲大家懂得彈性，緊緊掌握在手上的景點們，不管路線排得多完美，也要適時作出取捨才是。結果她們最喜歡的，其實只是日常悠哉的京都一天，我們租借腳踏車，從四条大橋沿著鴨川上行，跳烏龜、排隊買大福、在河岸喝茶，時間可以大把地虛擲，卻又滲透進感官，建構出一個非常讓人想念的午後時光。

二十六歲那年我去泰國自助旅行，坐在碼頭，等著開往小島的船，卻始終湊不齊可以開船的人數。枯等三個小時的空檔中，我突然憶起自己第一次的泰國旅行，那年我四歲，彼時的母親也應該是二十六歲。與同輩人相較，我的出國經驗是極早的，後來回想，那應該是父母離婚後緊接著的散心旅行。隔著二十幾年的時差，我猛地理解那次旅途中的詭異氣氛從何而來。於是我動了念頭，想著哪天也要帶媽媽去旅行。之後的每次旅行，妳都帶著想像的母親，然後有一天，妳把真實的母親也帶出國了，還有阿姨。關於帶媽媽去旅行，如果還可以補充最後一點，我想說的是，保持溫柔。

——原載於《旅飯SEE》第四期，二〇一五年十一月

京都菸斗紀

王聰威

前年一月底，依例去了一年一次的京都旅行，可惜是京都難得的暖冬，當月平均溫度高過了京都歷史上的冬季，沒遇上下雪，僅僅只有在大原這樣的山間地方，地面有殘留的堅硬積雪，以及已然破敗的，店家用以招徠觀光客的雪人。但仍有幾天對我們這種南國的人來說太過寒冷，並且持續下著整天的雨，畢竟是自助旅行，我和太太仍然不知疲倦地，也是貪戀難得的在京時光，鎮日在雨中走相當長的路，臉與新購的軍裝大衣沾滿冰冷咬人的水滴，我穿著厚實的棉襪和防水登山鞋，還覺得寒氣從腳底鑽上來。

然後終於感到疲累了，便鑽到巷弄之間張望尋找，這是京都的好處之一，總是可以發現小小的，掛著稍縱即逝的招牌，頗有舊時代氛圍的咖啡館或喫茶店，兩人趕緊躲進去。也幾乎沒有例外的，（也是運氣好）顧店的總是素樸的老先生或老太太，或者兩個都有，還有只有一頁印著簡單的片假名與英文，護貝邊緣多半裂損的菜單、已經無法抹去陳年咖啡漬痕的

kono或kalita濾杯與虹吸壺、冒著熱氣的黑色膠柄白鐵壺、消光的湯匙、乾淨卻磨掉花紋的杯盤、木頭桌椅與皮沙發。而在那吧台後方的廚房牆上，還隨意擺著像是誰來拜訪之後，順手留下的伴手禮，被寶貝兮兮地留下來當成裝飾品。

先是喝口冰水，接著等待老先生或老太太送來咖啡的空檔，我便開始抽菸。匆忙一點時抽紙菸，我喜歡自己手捲菸，有時候因為冷得手指發抖，無法做細緻的動作，所以既捏不好菸草形狀，常常也捲得過於寬鬆。稍微閒一點時點菸斗，往往在寒冷的雨天裡，我最喜歡老派的英式配方，裡頭調配了強烈的latakia，手中握著一個小小的、真正存在的私人火爐，可以享受乾草燃燒，熱氣與香氣覆蓋口鼻與臉龐，既溫暖又乾燥的味道，從腦子裡驅逐掉濕寒。而我手裡握著的菸斗，總是隨身帶著的，便是在幾年前的京都旅途中買的，熱愛抽菸斗的我，常常到一處地方便會想買把當地（國家）製作的菸斗作為紀念品，但日本製的菸斗（pipe）在世界算不上有名氣，我事先於網路上做足功課，連京都屈指可數的菸斗店都在地圖上標誌清楚，在四条的TAKEKAWA Cigar&Pipe，大馬路旁的店外排列著幾台菸品自動販賣機，店內則塞滿數量龐大的各式菸品、食物、飲料與酒類，菸斗只放在一組直立小櫃，裡頭所見也仍然都是歐洲製的菸斗，找不到日本斗，日文不佳的我只好拿出準備好的資料給不通英文的老闆看，他似乎感到微微的困惑，搞不懂為什麼這個外國人會來他的店裡買菸斗，而且還指明買日本斗，然後就從那小櫃底下找出了灰撲撲的兩只包裝盒，其中一把便是我第一想要的TSUGE經典手工斗「加賀」，那時我覺得此行買菸斗的心願已了，但沒想到隔幾天之後，我在出乎意料的地方，Loft的喫煙具部門買到了另一把同樣是TSUGE的MIZKI，剛好是我第二想要的。當我去年依例回到京都，發現Loft的喫煙具部門已不再陳列菸斗，而在河原町通的一家菸斗店，老闆拿出一本厚重的目錄，翻到我買的那兩把菸斗的頁面，指著說已停止販售，但我不知道是真是假。（此前不久，東京阿美橫丁的一家菸斗店老闆也跟我說了同樣的話。）

對早就習慣抽菸的我而言，這是我喜歡京都的其中一個理由。儘管絕大部分城內公共道路上，為了保護隨處可見的古老建築，因此清楚地劃分出嚴禁吸菸的區域，但許多咖啡館或喫茶店裡都能全店自在吸菸，有趣的是，有些寬敞一點的店裡，確實特地劃分了吸菸區和非吸菸區，只是吸菸區往往佔了對外窗邊的好位置。我唸研究所時才懂得吸菸，那時僅僅是為了提神醒腦，或許有部分是以為可以抵抗苦悶的讀書生活，因此抽了過多沒用的菸。但現在的我喜歡這樣做，就是喜歡像在京都冬天裡，在長程的雨中徒步之後，能夠在凍得發抖的手指之間，點燃真正的會燙傷人的火焰，那因草葉焚燒而產生的灼熱溫度、微弱火光與濃郁芳香的氣味，都是千真萬確的存在，並溫柔地融解冰凍僵硬的感官，這是最原始而有用的了。

或是，在著名的老店六曜社咖啡館裡，如在地的京都男人一般，一疊報紙一盒紙菸，一杯咖啡，攪拌了過多的白砂糖，頭腦悠悠晃晃地渡過一個閒來無事的下午。或是，某次夜晚在京都巷弄地下室，少人的BLUE NOTE爵士酒吧，兩對夫妻一起旅行的我跟小說家高翊峰各點一斗菸，一邊聽Jaco Pastorius的貝斯演奏，（選錯了版本，結果有些過度吵鬧）一邊喝著威士忌，看著吧台另一角剛下班的日本OL，不知在聊什麼地嘻嘻笑著。或是，在木屋町通的ジャズinろくでなし，一間雜亂狹窄，塞滿演奏會文宣品與黑膠唱片，菸味瀰漫，連椅子都損壞而搖晃不穩的無賴派爵士酒吧，不認識的日本客人見到我抽一把VAUEN的ZEPPELIN斗，而與我聊起天來。或是，夜半我在京都旅館裡因為微微的恐慌症醒來，不想吵醒太太，只好在黑暗中摸索著菸斗、壓棒與少見的Asuka Smoking Mixture飛鳥菸草（那是中午時候，在神戶散步時買的新菸草，原始是日本配方，目前似乎已停售。）用塑膠打火機點燃一小斗菸抽著，試著讓心情平復下來，試著不要繼續為某件事悲傷不已。

這是我喜歡京都的其中一個理由，或許也是跟其它喜歡京都的人所抱持的理由當中，最不同的一個。但很遺憾，這種喜歡的方式，未來在台灣是不可能擁有了。（台灣衛福部國健署二〇一七年預告修正《菸害防制法》草案，未來擬全面刪除室內吸菸室規定，不僅酒吧、夜店，雪茄館也列為全面禁菸場所。）

門外漢的京都

舒國治

不知為了什麼，多年來我每興起出遊之念，最先想到的，常是京都。到了京都，我總是反覆的在那十幾二十處地方遊繞，並且我總是在門外張望，我總是在牆外佇足，我幾乎要稱自己是京都的門外漢了。

很想問自己：為什麼總去京都？但我懷疑我回答得出來。

難道說，我是要去尋覓一處其實從來不存在的「兒時門巷」嗎？因為若非如此，怎麼我會一趟又一趟的去、去在那些門外、牆頭、水畔、橋上流連？

有時我站在華燈初上的某處京都屋簷下，看著簷外的小雨，突然間，這種向晚不晚、最難將息的青灰色調，聞得到一種既親切卻又遙遠的愁傷，這種愁傷，彷彿來自三十年前或五百年前曾在這裡住過之人的心底深處。

我去京都，為了「作湖山一日主人，歷唐宋百年過客」（引濟南北極閣對聯）。是的，為了沾染一襲其他地方久已消失的唐宋氛韻。唐詩「清晨入古寺，初日照高林。曲徑通幽處，禪房花木深」景象，中國也只少數古寺得有，京都卻在所多見。杜牧「南朝四百八十寺，多少樓台煙雨中」，在今日，惟京都可以寫照。

我們於古代風景的形象化，實有太多來自唐詩。因唐詩之寫景，也導引我們尋覓山水所探之視角。

又有一些景意，在京都，恰好最宜以唐詩呼喚出來。如「晚來天欲雪，能飲一杯無」；或如「旅館誰相問，寒燈獨可親」、「旅館寒燈獨不眠，客心何事轉悽然」。乃前者之盼雪，固我們在台灣無法有分明之四時、不易得見；而後者之「旅館」辭意，原予人木造樓閣之寢住空間，然我們恁多華人，竟不堪有隨意可得之木造旅館下榻，當然京都旅館之寶貴愈發教我們疼惜了。

許多古時設施或物件，他處早不存，京都亦多見。且說一件，柴扉。王維詩中的「日暮掩柴扉」、「倚杖候荊扉」、「倚杖柴門外」在此極易寓目。

我去京都，為了竹籬茅舍。自幼便讀至爛熟的這四字，卻又何處見得？台灣早沒有，大陸即鄉下農村也不易見。但京都猶多，不只是那些古時留下的茶庵（如涉成園的縮遠亭、漱枕居），茶道家示範茶藝場所（如不審庵、今日庵），即今日有些民家或有些小店（如嵯峨野的壽樂庵、圓山公園的紅葉庵），皆矢意保持住竹籬茅舍。「竹徑有時風為掃，柴門無事日常關」這二句，豈不又是京都？

我去京都，為了村家稻田。全世界大都市中猶能保有稻田的，或許只有京都。一個遊客，專心看著古寺或舊庵，乍然翻過一列村家，竟有稻田迎目，平疇遠風，良苗懷新，怎不教人興奮？京都府立植物園跨過北山通，向北，走不了幾分鐘，便是稻田。嵯峨野清涼寺與大覺寺之間，亦多的是稻田。奈良的唐招提寺，牆外不遠便是稻田。大原的稻田，竟是一片片的列在山上的坪頂，即使闢墾艱辛，也努力維持。稻田能與都市設施共存，證明這城市之清潔與良質；也透露出這城市之不勢利。四十年前台北亦早已是城市，卻稻田仍大片可見，何佳好之時代，然一轉眼，改觀了。

我去京都，為了小橋流水。巴黎的塞納河很美，但那是西洋的石垣工整之美；東方的、比較嬌羞的河，或許當是小河，如祇園北緣的白川，及川上佇立的鶴，與那最受人青睞的巽橋，及橋上偶經的藝妓，並同那沿著川邊一家又一家觥籌交錯、飲宴不休的明滅燈火店家。夜晚的白川，是祇園的最璀璨明珠，稱得上古典京都酣醉人生的寫實版本。又白川稍上游處，與三条通交會，是白川橋，立橋北望，深秋時，一株虬曲柿子樹斜斜掛在水上，葉子落盡，僅留著一顆顆紅橙橙柿子，即在水清如鏡的川面上亦見倒影，水畔人家共擁此景，是何等樣的生活！家中子弟出門在外，久久通一信，問起的或許還是這棵柿子樹吧。另外的小橋流水，如鴨川西側的高瀨川，只是近日旁邊太過熱鬧。或如上賀茂神社附近的明神川，及川邊的社家。

我去京都，也為了大橋流水。子在川上所嘆的「逝者如斯夫，不捨晝夜」，我人在台灣不易找到這樣的河與這樣的橋。而京都卻不乏，且它原就稱川，川水淙淙，長流而不斷，你能在大橋上佇足看它良久。白日好看，夜裡亦好看。這些大橋不因過往的車輛造成你停留的不安，便好似這些大橋原是建造來讓人佇停其上一般，且看橋畔的欄杆便削磨得教人樂於扶倚，不論是三条大橋（鴨川）、是出雲路橋（賀茂川），是宇治橋（宇治川），或是那古往今來受人留影無數的嵐山渡月橋（保津川）。

橋頭便有小店，緊鄰川水，何好的一種傳統，教人不感臨川的那股淒涼。電影《宮本武藏》中，武藏與阿通相約三年後會面的「花田橋」，橋頭一小店，阿通便自此在店打工；這橋與店，今日的宇治橋與橋頭的通圓茶屋，其不依稀是那景意？而通圓茶屋門前立一牌，似謂宮本武藏曾在此停留過。

由東往西，三条大橋一過，右手邊一家內藤商店，是開了一百多年的專賣掃帚的老舖。試想掛滿了一把又一把掃帚與棕刷的舖子，怎麼不是橋頭最好的點景？

為了氧氣。京都東、西、北三面的山皆密植杉樹，不惟水分涵養極豐厚，使城中各川隨時皆水量沛暢，氣場甚佳，且杉檜這類溫帶針葉樹種，單位密度極高，保擁土水最深濃，釋出氧氣最優，我在京都總感口鼻舒暢。而我最喜在下鴨神社的「糺ノ森」、賀茂川岸邊、嵯峨大澤池畔以及鞍馬山的森林等地漫步並大口深吸氧氣。南禪寺南邊的琵琶湖疏水之水路閣，沿著這條九十多公尺長的水渠散步，水流湍急，撞打出極鮮翠的氣流，加上旁邊山上的樹林，此地亦成了我「氧氣之旅」的佳處。最大片的林中漫步，則是在奈良公園。可自猿澤池始，向東，取有參天大樹的路徑而行。經過建在林子中的旅館江戶三，續沿春日大社的參道東行，於春日大社神苑附近北行，經過了古梅園墨莊，至二月堂，可稍憩也。台北人出到外國的城市觀光，常感到興高采烈，有一部分原因來自異國城市的佳好帶氧氣度。須知台北的帶氧度一向偏低。京都周邊的山雖不高，但植被太厚，水谷穿梭蜿蜒，氣水宣暢，霖澤廣被，令京都無處不青翠、無翠不光亮；即不說自然面，便是京都的人文面，各行百工臉上精神奕奕，亦是帶氧度極高的城市。

我去京都為了睡覺。常常出發前一晚便沒能睡得什麼覺，忙這忙那，打包乘車赴機場，進關出關，到了那裡，飛機勞頓，已很累了，雖還趁著一點天光，在外間張望窺看，想多沾目些什麼，卻實在天黑不久便返旅舍，已有睡覺打算，一看錶，才七、八點。左右無事，睡吧。

第二天，由於前夜早睡，此日天沒亮已起床，也即出門，四處狂遊，至天黑已大累，不久又睡。待起床，又是天尚未亮。

如此兩、三日下來，睡得又多、又早、又好，整個人便如同變了一個人。精神極好，神思極清簡，只是耗用體力，完全不感傷神。便這麼玩。

每天南征北討，有時你坐上一班火車，例如自京都車站欲往宇治，明明幾站，二十多分鐘的短程，但只坐了一、兩站，人已前搖後晃，打起瞌睡來，坐著坐著，愈發睡熟了，幾乎醒不過來，實在太舒服了，突然睜開眼睛，只見已到六地藏了，急急警惕自己馬上要下車了，但仍然不怎麼醒得過來，唉，索性橫下心，就睡吧。便這麼一睡睡到底站奈良，不出月台，登上一輛回程之火車，再慢慢往回坐。

為了置身在木頭織編的古代村舍聚落裡。即使進店吃東西、喝杯茶，買些雜項小品，也常在古老木造屋舍內。在京都七天或十天，可以每天如此，可以每餐如此。完全令自己依偎在古舊木作網織構築的森林中。人不會在任何一處別的地方能和木頭如此親切的貼靠在一起，背倚著它，腳跪著它，每晚躺於其上。故我堅持下榻日式旅館，每晚嗅著藺草的香味睡去。夏夜浴畢，自斟啤酒，推開紙窗，聽樓下市聲喧嘩，竟如電影《男人真命苦》寅次郎浪途情境。

這就是為什麼我要在高瀨舟（下京區西木屋町通四条下ル船頭町188）這種沒落的老店吃一客天婦羅定食，好讓自己倨坐在陰暗小肆那微沾油色的木柱櫃台一角，就像是宮本武藏或某些潦倒武士當年的情境。

這也就是為什麼我每次都要在安政元年創業的綿熊蒲鉾店吃幾個現炸甜不辣（如基隆廟口那種，而非「天婦羅」），好教自己嘴裡有小時候所有台灣小孩都最盼想的深濃熟悉自家門巷味覺。

這也是為什麼我要在鞍馬寺通往貴船神社這一段古老杉樹森林中遠足一段，令自己像是置身黑澤明電影《踏虎尾之人》中源義經與弁慶等義士避仇逃難翻山越嶺所經的森林路徑。

說到重溫電影中的古代境況，亦是在京都極有趣的經驗。不審庵西面的本法寺，從來不見書上提過，我亦是某次不經意的來到，黃昏時的荒疏蕭瑟，便有溝口健二電影中的淒淒悲意。譬似說，《西鶴一代女》。有時你去到這樣地方，即使是不經意，所得之感受，較那些名勝、景點，更顯珍貴。

向西不遠處的本隆寺，倒常被提，雖更有名，景卻平平。也可能因它更具重要性，常常修整，變得平庸了。而本法寺形同荒頹，倒因此更加迷人了。

京都各處隱藏著這種沒有名氣、卻極富古時魅力的小景，如三条通、東大路通以西的大將軍神社，深秋的參天銀杏，金葉閃閃，沙地空淨，黃昏時乍然見之，竟教我徘徊良久。便是繞看它旁邊的三条保育所與兒童公園，也感到入眼怡悅，早把適才所逛不遠處之籠新竹器、一澤帆布名店感受拋得乾淨。

事實上，京都根本便是一座電影的大場景，它一直搬演著「古代」這部電影，這部紀錄片。整個城市的人皆為了這部片子在動。為了這部片子，一入夜，大夥把燈光打了起來，故意打得很昏黃，接著，提著食盒在送菜的，在院子前灑著水的，穿著和服手搖扇子閒閒的走在橋上的，掀開簾子欠身低頭向客人問候的，在在是畫面，自古以來的畫面。

我們每隔幾年來此一次，像是為了上戲，也像是為了探看一下某幾處場景是否略略做了更動。在有月色的宇治川南岸土堤上清夜散步，發現已散戲了，人都離去了，只你一人，透過樹梢可窺鳳凰堂一角。再不就是看往川上，波光粼粼，與橘島上靜悄悄的松樹與地砂。十多年前，我第一次來到京都，嚇到了，我張口咋舌，覺得凡入目皆像是看電影。順著街道走，見一店有工匠低頭在削竹器，屋角昏暗處坐一老婦，哇，多完美的構圖。接著一店在包麻糬，粉撲撲白皮中透出隱約的豆沙影子。再走沒幾步，看到著和服女將（女掌櫃）至門口送客人，頻頻鞠躬。一直往下走，到街底，一彎，又是一巷，燈光依稀，仍是一家一家的業作，或是各自有各自的營生。有的撈起豆腐皮（湯波半），有的鐺鐺鐺的敲著，把刀刃嵌入木柄裡（有次），有的疊起剛才打造出來的銅質茶筒，鐵色渾凝（開化堂），亦有登梯將高處的檜木洗面桶取下（たる源），有的店裡陳列一雙雙帶竹皮的筷子（市原平兵衛商店），有以鐵線編折出網形的食器（辻和金網）……我可以一直往下看，真就像看電影，只要我的攝影機不關。

一個像你在看電影的城市。說來容易，但世界上這樣的城市，你且想想，不多。試想一個來自休士頓這種沒有一處有電影場景魅力的城市的人，乍然來抵京都，他會有多大的驚奇！或許他會說：不可能，除非是夢。

假如你喜歡看電影，那京都你不能不來。

若你喜歡吃好吃的，喜歡享受慇懃的服務，喜歡買質地佳美的東西，京都固好，然不來還猶罷了；但若說看，像看電影一樣的看，則全世界最好的地方是京都。

這便是為什麼我這個既不買、也不需服務、甚至也不特別去吃的門外漢卻說什麼也要三次五次十次二十次的來到京都，幹嘛，看。

為了這些，我不自禁的做了京都的門外漢。

門外漢者，只在門外，不登堂入室。事實上太多地方，亦不得進入，如諸多你一次又一次經過的人家，那些數不盡的世代過著深刻日子的人家。你只能在門外張望，觀其門窗造型、格子線條，賞其牆泥斑駁及牆頭松枝斜倚、柿果低垂之迎人可喜，輕踩在他們灑了水的門前石板，甚至窺一眼那最引你無盡嚮往卻永遠只得一瞥的門縫後那日本建築中最教人讚賞、最幽微迷人的玄關。

一家一家的經過，便是在京都莫大的眼睛饗宴，甚至幾乎是我在京都的主題了。

門外漢者，也不逢寺便進。有時山門外佇立張望，便已極好。須知京都寺院，何止千家百家？恰好散列點綴於市內各處，成為你隨時走經、轉頭一瞥、便古意油然而生的最佳市井風景。而山門，是京都風景最大的資產。這裡一山門，那裡一山門，是全城各處即使現代樓宇林立中依然最佳的點景地標，讓人隨時薰沐在古代情氛裡。青蓮院山門外那兩株根盤枝虯大樹，知恩院那巍然不可逼視的超大山門，何等氣勢。法然院座落在山坡密林深處，陰暗中，遠遠一山門，頂為茅葺，似不起眼，走近一看，亦頗肅穆有威儀，門前一碑，謂「不許葷辛酒肉入山門」。金戒光明寺那階梯高上、教人仰望不盡的山門，嵯峨釋迦堂（清涼寺）那市井小路盡頭突的巍立的莊嚴山門，凡此等等，太多太多，透過山門這通口望進去，深院寂寂，予人無限想像，倒不是只有戲劇中石川五右衛門登上南禪寺山門時大嘆「絕景啊，絕景」那一處有名山門而已。一九五一年《羅生門》在威尼斯影展得獎，算是日本電影首次受到西方注目，而片頭的超高極聳破敗山門，絕對有令西人咋舌驚呼之重要因素。有些寺院未必能進，看山門便好；如嵐山渡月橋頭的臨川寺，常年大門緊閉。有些寺院不甚有名，卻山門依然很有看頭，如「出町柳」站附近的光福寺。至若嵯峨野的二尊院，山門前一段坡道，極是肅穆致遠，教人對寺內充滿想像；實則買了門票進去，竟不如何精彩，山門倒還好看些。最有趣的山門，是坐在京福電鐵這慢吞吞火車上，當經過「御室」站時，可望見北面那座巍峨莊嚴的仁和寺山門，那份驚艷，竟來自這一節極其小市民的電車上。故瞥一眼山門，算是點題，便已很好；一寺接著一寺進，原本不易好好在院中清賞。至若匆促中連看三數寺廟，往往弄混了哪個枯山水在何處寺院、哪個方丈有何殊勝之處。即此一節，若沒注意，遊京都最易暴殄天物也。

再說不少寺廟，亦不易進，遊人如潮也。如清水寺、如大原的三千院、如奈良的東大寺。有的寺廟，地方侷促，規劃出一條動線，使人順著此線走，後人推著前人，教人不得細賞流連，如銀閣寺。

門外漢過各寺院常只是過門而不入；然而那些寺廟並非不值得進，而門外漢多年偶進一次，也會有意外收穫，譬如多年進一次龍安寺，不僅咀嚼那「枯山水」石庭，重新沉吟那十五塊石頭何似如此大小、如此配置，更懂得注意那堵作為背景的自然褪色、卻神龍飛揚的灰黑斑駁長牆。牆面之褪色，雖說距我第一次看，才十幾年，卻也有些微的剝落。若與一九四九年小津安二郎的《晚春》中所見相對照，則已顯甚大之不同矣。又譬似進金閣寺，水中金閣固美，池上那些遠遠近近的石山、小島，極有可看；經過十多年，金閣寺的石上苔痕與松姿，愈發養蘊得清美不可方物，我幾要說每一塊石每一株松都已是寶一般。然則即使門外漢要進此二寺，也非選一、二月隆冬不可，乃遊人少也。

於門外漢言，寺院之最美，在於古寺形制之約略，如山門之角度與框廓感，如大殿之遠遠收於目下的景深比例，如塔之高聳不可近視之崇仰意趣，如牆之頹落之綿延遠伸，甚而如樹之虬曲於寺內方正建物相對下之不規則……凡此等等，未必在於大殿斗拱之嚴謹精巧、所供佛像金漆之工藝華麗等細節讚賞。及於此，則進寺院往往僅作粗看，便已私心甚樂，從來不存登堂入室之想；譬似那些在特別季節才短短開放幾日的一些堂奧，說什麼狩野派的「襖繪」（紙門上的圖畫）、說什麼小崛遠州（一五七九—一六四七）的枯山水庭園、說什麼誰誰誰的茶室，門外漢如我固也曾買票進去看過幾處，終只是感到不怎麼收於心底，逐漸也就不怎麼進去了。

許多寺院不緊連著進，非為惜其門券也。須知門券之設，隱隱有教人專注此一場所之細審慢詳的意思；倘要匆忙求個概貌（不少觀光客只能如此），往往看過隨即又飄散了，還不如不進。

而又因門券之設，不免教人對之有較高的期盼；若進門一看，並不契合己意（或是景物委實不佳，或是自己未窺堂奧），反多了一分不滿。此便是京都「門券情結」之情況一般，多半發生於欲在三數日之間廣看眾多寺院的趕景遊客身上。至若門外漢者，並無意進某寺特別盯著某樣國寶凝視，只求遊神於美景之延展或建物之佳廓，眼如垂簾；則自無考慮門券的問題。

說到花了錢卻不值得，的確亦有。明神川附近社家，有一西村家別邸，門券五百，未必有啥可觀。銀閣寺旁的白沙村莊，需費八百，也無甚出奇。落柿舍，頗有一襲氣質，但牆內實太小，所費雖只一百五，實則站牆外瞻仰更好；真進去了，一分鐘後，便已找不到東西可看，只好出來，弄得像是極沒意思。西面的常寂光寺，門票三百，太廉也，乃門內太有可看。其北的二尊院，入門五百，卻不及常寂光寺十一。不花錢的，亦不乏佳所。涉成園便是（但要樂捐），園內亭橋頗佳，卻無遊人，更是不收錢的好結果。東福寺，牆外的臥雲橋，不花錢，未必遜於花錢方能見得的通天橋。三年坂旁的青龍苑，山石嶙峋，池泉清美，山上山下幾座茶室，任人遠觀不收費，依然是極佳之景。

花錢卻必須去的寺院如清水寺、高台寺、銀閣寺、大德寺、金閣寺、龍安寺、仁和寺、天龍寺等；而不花錢卻仍值得去的仍有南禪寺、知恩院、永觀堂、法然院、真如堂、金戒光明寺、建仁寺、智積院、東西本願寺、東福寺以及百萬遍的知恩寺。事實上，它愈是不收門票，你愈是可以淡淡的投以一瞥、匆匆的蕩步經過，而得其約略之概，常常這恰好予人最有難以言說、甚而如夢似幻的氣韻。而這才是最珍貴的。這也就是黃昏時恰經一寺、不妨也探頭進去、院中略走，在暗沉中張望一下的道理。

所有的神社，皆不收門票，卻照樣景觀軒敞，建築精美。且它的形制更富日本原味（相較於寺院之常有「唐韻」），但看「鳥居」一式可知。又它有一種建築，如上賀茂神社的「細殿」，四周無圍，地板架高，有點像舞台，或用來演樂或論道之類，亦是甚莊嚴好看的建築物，大的神社有，有時社區左近如同荒置的小神社亦有，甚至更殘舊有味道。神社還有一種建物，稱「繪馬所」，如同是古意盎然的大型亭子，可供人休息，北野天滿宮的繪馬所，每月二十五日的舊貨市集，坐此不乏各色各樣的老人。

京都的屋頂，亦是其風景絕頂資產，櫛比鱗次，綿延不絕，人在高處稍眺，便立然可嘆此等天工造物之奇。溝口健二一九五三年的《祇園囃子》，片頭便是自高處緩緩pan攝東山左近屋頂群落，其間若有高聳物，塔也，完整古意的絕美城市！然自傳統町家減少後（雖然，仍保持兩萬多家之數），黑瓦為西洋樓房平頂取代，固深可惜，終究是拜寺廟眾多之賜，屋頂壯觀之景依然稱夥，堪慰矣。

京都之花，亦是一勝。自古不僅騷人墨客，便是市井民眾亦頗得賞花之樂，乃京都四時分明，每一季有其特開之花。春天之櫻、秋天之紅葉原不在話下，太多遊客為此而來；至若四月靈鑑寺的椿，五月平等院的杜鵑，六月三室戸寺的紫陽花，七月養源院的百日紅，一月北野天滿宮的梅花，太多太多，然門外漢如我，往往過眼煙雲，不怎麼得賞嘆情趣。倒是「花」這一概略物，隱約令我與京都生了莫名牽繫，並且頗可以古詩繫之。「春城無處不飛花」這一句詩，奇怪，端的是予我京都的感覺。當然，京都原是一個花城。什麼「落花時節又逢君」，什麼「去年花裡逢君別，今日花開又一年」，再就是「花近高樓傷客心，萬方多難此登臨」或「花徑不曾緣客掃」等等諸多「花景」，俱皆極合於京都，又皆極美矣。

我去京都，往往最主體的活動，是走路。即使各處古寺、名所皆不進，僅僅在路上胡走，我亦要說京都是極佳之城市。南禪寺參道向西出「南禪寺總門」那一條路（其間有瓢亭等）。東大路通以東的春日北通、向東直抵金戒光明寺的山門，是我常走之路。

御池通以北、烏丸通以東、丸太町以南這一塊商業區（有一保堂、本家尾張屋，有家具街夷川通等），老店老鋪處處，卻也宜於走路遊目。

作為京都的門外漢，我總是不捨得不走路。若非走路，太多的好景說什麼也看不到。倘在東山：圓山公園向南，看一眼野外音樂堂南邊的芭蕉堂與西行庵。我所謂京都之「竹籬茅舍」感也。再向南，取寧寧之道，西有元奈古、松春、力彌諸旅館，東有洛匠茶房、東山工藝，店家門面古雅之佳例也。即使無暇坐洛匠，望一眼它的院子，其中的水瀑、花、錦鯉，怡人也。東山工藝的木櫃木凳，如寒士小店，再抬頭望房額，有「鳶飛魚躍」之字，志又似不小。力彌旅館門口，有一候亭，小巧可愛。圓德院今常開放，院內「北庭」頗佳，據謂出自小崛遠州之手，然不進亦可，門外漢嘛。但向西一小徑，稱石塀小路，卻不能不走。由東至西，曲曲折折，不過二分鐘路程，我每次皆走上二、三十分鐘，流連也，不捨也，細細撫看也。這段小路清幽，卻有來頭的店頗不少，田舍亭旅館亦在此。此處人家門庭修葺工整，樹姿曼妙，教人賞之不厭。

再南，二年坂、三年坂，自古便是天成佳景的坡道，兩旁店家，簾招灑然，行走其上，顧盼自得，卻也不必忙著進店。中國的黃山，奇景仙絕，然黃山腳下不會有清水寺腳下的二年坂、三年坂那樣的古風商家，風味上實稱憾也。

青龍苑，今外圍有眾店環繞，實院內有泉石之勝，此苑不收門票，然景致全不輸許多名庭名園也。乃它高處樹景石景俱出色外，幾幢茶室、高低起落，大小有致，何處覓此等佳景？

八坂の塔的前後左右小徑，也多的是人家、商家好景，值得緩步細看。文の助茶屋小庭凳上坐著吃冰，略得村家之樂。

你若已去過哲學之道，不妨試試京都南邊二十分鐘火車車程的宇治；在宇治川的兩岸漫步，江水淙淙，但岸路幽靜、屋舍清美，即使不進平等院、不進源氏物語博物館、不進對鳳庵喝抹茶，也依然可以賞心悅目、澄滌胸襟也。

京都有我認為舉世最佳的陪伴人走路獨絕屏障景，即長牆。此長牆常是土牆，色最宜人，質亦教人覺著舒服，能在此牆下行路，總希望能走得久一些，別那麼快斷掉才好。牆有時太過教你著迷了，竟連牆內的寺院也不想進了。便因有牆，京都的夜晚變得更美，更富氣韻。而月圓之夜，恰也因地面有長牆與之相映，使月不致孤懸也。（請詳〈京都的長牆〉一章）

嵐山的散步，宜始於天龍寺北門的大竹林，向北往常寂光寺、祇王寺、化野念佛寺一路行去，再沿著瀨戶川的北面向東往大覺寺而行，便可見處處稻田、家家菜園，並在大澤池畔盤桓歇息。

而去嵐山，應乘火車，JR嵯峨野線的鐵路高度約當二、三樓，以此高度滑行的眺看京都，正好。出京都站不遠，見北面有大片綠地，便是梅小路公園，它不被細寫於指南書中，遊客正好從車窗瞥一眼可也。第一站，「丹波口」，早上八點多的班車，有百分之七十乘客在此下車，奔赴工業園區一類地點上班也。此地以西，概為京都最不好看之區，遊人原不易至。第二站，「二条」，東面可眺二条城。第三站「圓町」。將近第四站「花園」，北面有大片莊嚴屋頂群落，甚吸引我人目光，這便是有名的妙心寺。車停花園，驛北正對著法金剛院，亦我所謂「車窗外之佳景」也。而西北方一片綠樹山坡，即「雙ヶ岡」也。人若玩過三、五天最highlight的京都，這花園站可下車來遊。車續西行，南面又有屋頂佳景，則廣隆寺也。須與抵目的地「嵯峨嵐山」。另有一遊賞訣竅，車抵嵐山，不下車，續往龜岡坐去，中經保津峽，可在車上俯瞰峽谷間的保津川湍流，雖只一瞥，亦驚豔也。抵龜岡，不出站，乘回程車再返嵐山可也。

河原町四条，看人景之地方。日本少女，寂寞的代名詞。她走路像是走向她永遠不知的所在。她沒有地方要去，而她一直在走。她的嘴巴看來是沒有語言的，她用她的髮型與她的面部化妝來表達她的寂寞。她與她曼妙的髮型及花極長時間化出的妝廝守在一起。她沒有話語。

有時我在賀茂川邊，覺川上寒風冷冽，莫非今日有下雪之兆，索性在出町柳站旁おにぎり屋さん便當小舖（左京區田中上柳町五十三番地）買了幾個飯糰，登上叡山電鐵，悠閒的坐著小火車，三十分鐘，抵鞍馬。沿途已自車窗眺見比叡山山頂銀光耀眼，雪也。及至鞍馬，亦有雪。吃著飯糰，見往來遊人頸上還繫著剛洗完溫泉的毛巾，豈不又像是寅次郎所經之鄉，噫，何好的一個冬日下午。

這些我一逕立於門外、不特別進去的地方，竟才是最清新可喜的地方，亦是我一次又一次最感雋永、最去之不膩的地方。終弄到要去寫它一冊小書，專門敘說這類張望、一瞥、匆匆流目等等所見的京都，並且多言那不懂日文之驚喜或猜想，多言那自管自享受的異地幽情，多言那沒有電話、沒有熟人、似被逐棄的某種寂寞之自由自在的天涯旅人之慼也。

——原載於《門外漢的京都》（遠流，二〇〇六年二月）

執筆者略歷

在飛驒國分寺，新年許願／甘耀明（一九七二）

二〇〇二年以〈伯公討妾〉獲聯合報短篇小說評審獎。二〇〇二年以〈聖旨嘴〉獲第十六屆聯合文學小說新人獎短篇小說推薦獎。二〇〇三年出版第一本短篇小說集《神秘列車》。另著有《殺鬼》、《喪禮上的故事》、《邦查女孩》、《冬將軍來的夏天》等。

碎片／孫梓評（一九七六）

一九九七年出版第一本長篇小說《傷心童話》。一九九八年以〈夜景書籤〉獲第一屆長榮寰宇文學獎入選獎。一九九九年出版第一本短篇小說集《星星遊樂園》。二〇〇一年出版第一本新詩集《如果敵人來了》。另著有《男身》、《善遞饅頭》、《知影》等。

佛寺日常／柯裕棻（一九六八）

一九九七年以〈一個作家死了〉獲第二十屆時報文學獎短篇小說評審獎。一九九七年以〈冬日游牧〉獲第一屆華航旅行文學獎。二〇〇三年出版第一本作品集《青春無法歸類》。另著有散文集《洪荒三疊》、《浮生草》、《恍惚的慢板》、《甜美的剎那》，小說集《冰箱》等。

如果有一天你去金澤／黃麗群（一九七九）

二〇〇五年以〈入夢者〉獲第二十八屆時報文學短篇小說評審獎。二〇〇六年以〈海邊的房間〉獲第二十八屆聯合報文學獎短篇小說評審獎。二〇〇七年以〈貓病〉獲第二十九屆聯合報文學獎短篇小說首獎。二〇一〇年以〈卜算子〉獲第六屆林榮三文學獎短篇小說二獎（首獎從缺）。著有散文集《背後歌》、《感覺有點奢侈的事》、《我與貍奴不出門》、小說集《海邊的房間》，採訪傳記作品《寂境：看見郭英聲》等。

最好的季節／王盛弘（一九七〇）

一九九七年以〈來去竹林路〉獲《台灣新文學》第二屆王世勛文學新人獎散文首獎。一九九八年以〈倥青天〉獲第一屆台灣省文學獎散文類佳作。一九九八年出版第一本散文集《桃花盛開》。另著有《慢慢走》、《關鍵字：台北》、《大風吹：台灣童年》、《一隻男人》、《十三座城市》等。

沒有，我沒有去過日本看櫻花／江鵝（一九七五）

二〇一四年出版第一部作品《高跟鞋與蘑菇頭》。另著有《俗女養成記》、《俗女日常》等。

「那個時候」，我滯留在東京／陳栢青（一九八三）

二〇〇八年以〈KTV暢遊指南〉獲第三十屆聯合報文學獎散文評審獎。二〇一一年以筆名葉覆鹿出版《小城市》，獲九歌兩百萬文學獎榮譽獎、第三屆全球華語科幻星雲獎銀獎。

二〇一四年以〈內褲．旅行中〉獲時報文學獎散文首獎。另著有《Mr. Adult 大人先生》、《尖叫連線》等。

尋羊冒險記／胡慕情（一九八三）

曾任《台灣立報》文字記者、公視「我們的島」文字記者，現為鏡文學文化組採訪主任。二〇一五年出版《黏土：灣寶，一段人與土地的簡史》。

仙台記事四則／盛浩偉（一九八八）

二〇〇七年以〈父親〉獲台積電青年學生文學獎短篇小說首獎。著有《名為我之物》等。

且說熊本城／朱和之（一九七五）

二〇一一年以《滄海月明：找尋台灣歷史幽光》入圍台北國際書展大獎非小說類。二〇一五年以《逐鹿之海：一六六一台灣之戰》獲第一屆台灣歷史小說獎佳作。二〇一六年以《鄭森》入圍台北國際書展大獎小說類。另著有《樂土》、《夢之眼》、《冥河忘川有限公司》、《南光》等。

一場向金魚跪拜以求生的戰爭——關於我的小說裡的二戰兩三事／吳明益（一九七一）

一九九二年以〈最後的希以列克〉獲第六屆聯合文學小說新人獎短篇小說佳作。一九九六年以〈敵蹤〉獲《台灣新文學》第一屆王世勛文學新人獎小說獎佳作。一九九七年出版第一本短篇小說集《本日公休》。二〇〇〇年以《迷蝶誌》獲第三屆台北文學獎文學創作散文獎及入選《中央日報》年度十大好書。二〇〇一年以〈虎爺〉獲第二十三屆聯合報文學獎短篇小說大獎。另著有《睡眠的航線》、《複眼人》、《天橋上的魔術師》、《單車失竊記》、《苦雨之地》等。

像美女背過身去，跟你講話：終於清冷的日本語／盧慧心（一九七九）

二〇一三年以〈車手阿白〉獲第十五屆台北文學獎短篇小說評審獎。二〇一四年以〈一天的收穫〉獲第三十七屆時報文學獎短篇小說組評審獎。二〇一四年以〈艾莉亞〉獲第四屆新北市文學獎短篇小說類第二名。二〇一四年以〈Time to next life〉獲第十九屆桃園文藝創作獎短篇小說首獎。二〇一四年以〈浮浪〉獲第三屆台中文學獎短篇小說類第三名。著有《安靜・肥滿》等。

阪堺電車的時間／伊格言（一九七七）

二〇〇一年以〈龜甕〉獲第十五屆聯合文學小說新人獎短篇小說推薦獎。二〇〇三年出版第一本短篇小說集《甕中人》。二〇一〇年出版第一本長篇小說《噬夢人》。另著有《與孤寂等輕》、《你是穿入我瞳孔的光》、《拜訪糖果阿姨》、《零地點GroundZero》、《零度分離》等。

日暮日暮里／言叔夏（一九八二）

二〇一一年以〈白馬走過天亮〉獲第七屆林榮三文學獎散文三獎。著有《白馬走過天亮》、《沒有的生活》等。

拋夫棄子，無所事事，像我們這樣的後中年旅行啊……／劉叔慧（一九六九）

一九九四年以〈仲夏之死〉獲教育部文藝創作

獎短篇小說組第二名。一九九五年以〈夜間飛行〉獲第九屆聯合文學小說新人獎短篇小說佳作。著有《單向的愛》等。

帶你媽去京都玩，有時還有阿姨／李屏瑤（一九八四）

二〇一五年以劇本《無眠》入選牯嶺街小劇場為你朗讀新銳劇本。二〇一六年出版第一部小說《向光植物》。另著有《台北家族，違章女生》等。

京都菸斗紀／王聰威（一九七二）

一九九九年以〈SHANOON 海洋之旅〉入選《八十七年短篇小說選》。二〇〇五年以〈濱線鐵路〉獲台灣文學獎短篇小說類推薦獎。二〇〇五年出版第一本短篇小說集《稍縱即逝的印象》。另著有《複島》、《濱線女兒》、《作家日常》、《師身》、《微小記號》等。

門外漢的京都／舒國治（一九五二）

一九七八年以〈村人遇難記〉獲第二屆時報文學獎優等獎。著有《理想的下午》、《門外漢的京都》、《流浪集》、《台北小吃札記》、《窮中談吃》、《水城臺北》、《台灣小吃行腳》、《宜蘭一瞥》、《台北游藝》、《雜寫》及《遙遠的公路》等。

WARETEKI NIHON: TAIWAN SAKKA GA TABISHITA NIHON translated and edited by Peizhen Wu, Noriko Shirouzu, Mamoru Yamaguchi

Original Japanese edition published by Hakusuisha Publishing Co., Ltd., Tokyo.

This Traditional Chinese language edition is published by arrangement with Hakusuisha Publishing Co., Ltd., Tokyo in care of Tuttle-Mori Agency, Inc., Tokyo, through Future View Technology Ltd., Taipei.

ISBN 978-986-99686-1-4
Printed in Taiwan.

有方之美 008

我的日本——當代台灣作家日本紀遊散文選
台湾作家が旅した日本

編者 吳佩珍、白水紀子、山口守｜**社長** 余宜芳｜**特約編輯** 陳盈華｜**封面設計** 張閔涵｜**出版者** 有方文化有限公司／23445 新北市永和區永和路 1 段 156 號 11 樓之 2 **電話**—(02)2366-0845 **傳真**—(02)2366-1623 ｜**總經銷** 時報文化出版企業股份有限公司／33343 桃園市龜山區萬壽路 2 段 351 號 **電話**—(02)2306-6842 ｜**印製** 中原造像股份有限公司——初版一刷 2022 年 1 月 10 日｜**定價** 新台幣 300 元｜版權所有・翻印必究——Printed in Taiwan

我的日本——當代台灣作家日本紀遊散文選／吳佩珍、白水紀子、山口守選編 . -- 初版 . -- 台北市：有方文化，2022.1； 面； 公分 （有方之美；8）

ISBN 978-986-99686-1-4（平裝）

863.55 110003601